令嬢は青い瞳をこちらに向け、みすぼらしいハウスメイドの寝巻きを見て——何を言うでもなく、空に目を向けた。イーディスもまた空を見上げた。大きな粒が立て続けに夜空を滑っていく。消えたと思えばまた瞬く。
「見てご覧なさい。わたくしの誕生日に降る、英雄の流れ星よ」
前世のあれこれを持ち込みお屋敷改革します
転生したらポンコツメイドと呼ばれていました

グレイスフィール
オルタンツィア家のご令嬢。部屋から出ず姿を見せないため「幽霊令嬢」と呼ばれている。
イーディス
救貧院育ちで仕事もよく失敗するポンコツメイド。……だったはずが、日本人だった記憶を取り戻してからは屋敷を救う救世主に。

ヴィンセント
オルタンツィア家の若き当主。早くに両親を亡くし家を継いだものの経営難に悩まされている。
ユーリ
海を挟んだ隣国のモンテナからやってきたツェツァン家の三男。ツェツァン社の専務で、モンテナ語を話せるイーディスに執着を見せる。

口絵・本文イラスト
nyanya

装丁
coil

Contents

本書は、二〇二二年にカクヨムで実施された「楽しくお仕事 in 異世界」中編コンテストで優秀賞を受賞した「流星の乙女達――お嬢様、お掃除のお時間です！」を改題のうえ、加筆修正したものです。

どうしても見たい景色がある。

「英雄の流星が降る夜には、何かが起こるのよ、イーディス」

燃える暖炉のかたわらで、養母《ママン》はそう言っていた。たくさんの兄弟姉妹《孤児》たちの中にいて、彼女がその話をしたのはイーディスだけだった――イーディスは今もそう思っている。

「何が起こるの？」

「特別なこと。特別な子に起こる、特別なことよ」

暖かい部屋の中、養母《ママン》の横顔は慈愛に満ちていたが、同時に憐憫《れんびん》にも似たかなしみに染まっていた。イーディスはそれに気づいていたけれど、何も言わなかった。別れの夜にそんな言葉は不要だと理解していた。イーディスは幼いふりで、無邪気に尋ねる。

「ママン、私は特別？」

「みんなが特別。そしてあなたは、そんなみんなの中の一人よ。ね、イーディス。元気で。元気でね」

あの養母《ママン》のお話は特別だったのだ、と。イーディスは未《いま》だに信じ続けている。それがたとえ、家事使用人《ハウスメイド》として売り払われ、過酷な労働環境に投げ入れられることになる娘への餞別《せんべつ》だったとしても。

あれから二年が経《た》った。

「鍵持ちの執事《バトラー》」に鍵をかけられる前に、イーディスは寝巻きのまま部屋を抜け出した。地下の冷たい廊下を抜き足差し足で、他のハウスメイドを起こさぬように通り抜ける。もちろん、どこかでまだ執務中であろう執事に見つからないよう、壁に張り付きながら。イーディスの気分は泥棒だ。

「家事使用人《ハウスメイド》は主人の所有物」である。だから、万が一にも脱走を図らないようにとの目的で、就寝時間をすぎた後、ありとあらゆる部屋に「鍵持ちの執事」が外から鍵をかけることになっている。鍵をかけられた後は、部屋から出ることができない。……もちろん入ることもできない。だからイーディスには「この寒さの中寝室から締め出される」という危険がある。けれども、今はただ、はやる気持ちを止めることができなかった。凍える危険を冒してでも、見たいものがあった。

流れ星だ。

ふかふかの絨毯《じゅうたん》が敷かれた階段を一段飛ばしで駆け上がる。柔らかい絨毯はせわしい足音を吸い込んでくれた。イーディスはそのまま、バルコニーへ通じる二階の廊下へと迷うことなく躍り出た。

たかが「ハウスメイド」が寝室を抜け出して廊下を駆け足で行くところを見咎《みとが》められてしまったら……なんて思考は、もはやイーディスにはない。一刻も早く夜空を見上げなければならなかった。

上がる息を殺し、ずるい盗人《ぬすっと》のようにあたりを見渡す。

階段上《アップステア》に電飾の明かりが灯《とも》っているところを見ると、執事はまだ二階に鍵をかけていないらしい。くまなく視線を巡らせ、執事の姿がないことを確認すると、イーディスはこそこそとバルコニーへと向かっていく。

おあつらえ向きに、バルコニーへ通じる引き戸の鍵は開いたままになっていた。迷うことなく引き戸に手をかける。イーディスの体を、冷気が包み込む。

外は鼻の奥につんとしみるような冬の匂いがした。冬は、もう間近まで迫っている。イーディスは、巻き付けた自前のストールをぐっとキツく締めて、息をいっぱいに吐き出した。後ろ手にゆっくりと扉を閉めて、

「ああ……」

安堵《あんど》のため息とともに顔をあげる。

国の英雄を模した星の並びが眼前いっぱいに広がった。夜空は冷たく澄んでいて、くっきりした星々が光を投げかけていた。昼間であれば空を灰色に覆っている、工業地帯《アーガステイン》の煙突の煙も、今は静かだ。

同室の姉、ロージィに「今夜、英雄の星座の方角から流星が降る」と聞いてから、イーディスはずっと運命を感じていた。今日はイーディスの十六歳の誕生日なのだ。救貧院《きゅうひんいん》の外に捨てられていたのを、養母《ママン》が拾ってくれた日。冷たくなって死ぬはずだったイーディスを養母《ママン》が救ってくれた日。

養母《ママン》の話のこともあって、イーディスはワクワクしていた。何が起こるのか。何が特別なのか。たとえ何も起こらなかったとしても……流星が降る夜というのは、どんなものなのか。知りたかった。どうしても見たい景色があったのだ。

そのためにはどんなお叱りだって受ける覚悟だった。元から叱られ慣れているから、どんな罰だって慣れっこだ。イーディスはバルコニーの欄干まで歩み寄って、そこへゆるゆると腰を下ろした。

そうして星が降るのを待った。

その時——待ち焦がれた星が一つ、二つ、滑るか滑らないか——そんなタイミングで。

「あなた、だれ？」

背後から少女の声がした。イーディスは目の前で星が流れるのを凝視したまま、硬直した。み、つかってしまった。

答えることもできずにカチコチに凍りついていると、声の主はなにやら察したらしく、先ほどのイーディス並みの大きなため息をついた。

「はぁ……誰だか知らないけれど、トーマスに怒られるわよ」

イーディスは素早くストールを頭から被《かぶ》った。少女はまたため息をつくと、すぐ隣に来て、立ったまま空を眺めているようだった。

彼女の足元は上質な、ふわふわしたナイトガウンに包まれていた。夜目に色まではわからないが、純白と見える——こんな格好をするこの家の人間を、イーディスは一人しか知らない。

ひょっとして、「幽霊令嬢」様？　御付きのメイド数名以外には絶対に姿を見せない、イーディスをはじめ、ロージィも、シエラも、厨房係のデアンも……仲間のほとんどが姿を見たことがないという深窓のご令嬢。屋敷の若き主人、ヴィンセント・オルタンツィア様の、実の妹君《いもうとぎみ》。グレイスフィール・オルタンツィア様？

勤めが長いアニーが言っていた。「あたしたちと同じくらいの年頃で、たいそうお美しい方よ」と。

アニーの言葉が正しいことを、イーディスは五感すべてで感じとっていた。

美しい瞳《め》の少女――彼女はきっと、イーディスの自前の、ボロボロのストールを見たに違いない。そしてイーディスの身分を察したに違いない。イーディスは震え始めた。何に対して怯《おび》えているのかわからなかった。執事に見つかるよりも恐ろしいことが起こったのではないか、とすら思った。見てはいけないものを、見てしまったような気がしたのだ。

小さくなるイーディスを前にして、少女はまたため息をついた。

「そんなに怯えなくても。……黙っていてあげるわ。誰だって英雄の流星を見てみたいと思うもの。わたくしとあなたは共犯ということで。あなたもここでわたくしと会ったことは黙っていてちょうだいね」

イーディスはこくこくと頷《うなず》いた。それを確かめた少女は、さらさらとナイトガウンの裾《すそ》を揺らしながら、身震いをした。

「思っていたより冷えるわね。……ねえあなた、そのストールに入れてちょうだいよ」

――こんな毛玉だらけのストールに⁉

イーディスが驚愕《きょうがく》するより先に、少女はペタリと座り込んでイーディスのストールを引き剥《は》がしにかかる。イーディスは迷う間もなく、ストールの半分を彼女に明け渡すことになってしまった。

気が気でない。何が不敬に当たるかもわからない。そもそもこの状態が不敬に当たるのではないか。本来ふかふかの毛布やケットで包まれるべきお嬢様が、イーディスの匂いの染みついた使い古しのストールなんかにくるまって。しかも、隣同士密着して。

――ああ、ママン。ロージィ姉さん。特別な流星を見に来たはずが、令嬢様とボロボロのストールを分け合って空を眺めています。信じられる？

　イーディスはもはや星どころでなく、隣から漂ってくる花のような香りばかり気になっていた。兄君《あにぎみ》と同じ、流れる光を束ねたような銀髪が視界に入ると、めまいに似たような感覚が襲ってきた。

「うう、寒い……こんなに寒いなんて思わなかったわ」

　薄衣《うすぎぬ》の令嬢がそう言うので、イーディスは意を決して彼女にストールの全てを譲った。

「……お、お風邪を、引いてしまっては困り、ますので」

「悪いわね」

　今度こそ、彼女にもイーディスが「ハウスメイド」であることがわかったろう。ボサボサの髪も、手入れを怠っている肌も、あばただらけの顔も、全部が冬の寒空の下にあらわになる。

　令嬢は青い瞳《ひとみ》をこちらに向け、みすぼらしいハウスメイドの寝巻きを見て——何を言うでもなく、空に目を向けた。イーディスもまた空を見上げた。大きな光の粒が立て続けに夜空を滑っていく。消えたと思えばまた瞬く。

「見てご覧なさい。わたくしの誕生日に降る、英雄の流れ星よ」

　聞いて、イーディスはほとんど反射的に大声を上げた。

「お誕生日！」

　はっと口を押さえるが、遅い。令嬢は美しい横顔に憂いを浮かべながら、さみしそうに呟《つぶや》いた。

「そうなの。お兄様もお忘れでトーマスもキリエも覚えていない、……誰も覚えていない、わたくしの十六の誕生日よ。あなたにだけ教えてあげ……」「私もです！」

不敬、という言葉が脳裏に浮かぶより先に、口が滑った。

「私も、今日で十六になりました。あ、厳密に生まれた日というわけではないのですが……ママンに拾われたのが今日で、その、はい」

イーディスは途中で口をつぐんだ。不敬だった、やらかした、怒られる、そうした思考が遅れてやってくる。いつもの癖だ。ダメだ……そう思った。しかし。

「そうなの。奇遇《きぐう》ね。お誕生日おめでとう」

ボロボロのストールを体に巻きつけた美少女は、微笑《ほほえ》んでいた。「幽霊令嬢」の呼び名に似つかわしくない、柔らかい微笑だった。イーディスはつられるように笑い、彼女の瞳を見つめて、軽く頭を下げた。

「こちらこそ。お誕生日、おめでとう、ございます。心より、お祝い……しています。お嬢様」

流星は絶えず流れ落ち、光の雨となって二人の頭上に降り注ぐ。イーディスと令嬢は息を詰めてそれを眺めていた。時折、隣から震えが伝わってきた。寒いのだ。

「……お嬢様、そろそろお部屋に戻った方が」

「もう少し」令嬢は言った。「もう少しだけここに居《い》させて」

暗がりで見る美貌《びぼう》は切実さを漂わせていて、イーディスはうっと言葉に詰まった。そろそろ戻らないと、と思うのに、令嬢はストールをきつく巻き付けて離さない。

「わかり、ました。では私もここにいます」

ゆっくりしている場合ではないことを思い出したのは、令嬢が去るのを見送ったあとだった。部屋から締め出される！

流星群が終わるより先にバルコニーを出る。転がり落ちるように階段を駆け下りて地下の自室を開けようと試みた――が、当然、開かなかった。

鍵持ちの執事はとうの昔に戸締まりをしてしまったようだ。イーディスは寒さに震えながら寝巻きの体を抱きしめ、令嬢に自前のストールを渡してしまったことを思い出した。

「あー、本当、私っていつも……」

凍えるか死ぬほど怒られるか。イーディスは後者を選んだ。鍵持ちの執事、トーマスの自室の扉を叩《たた》き、こっそり抜け出したことを正直に白状し、大量のお小言を頂戴《ちょうだい》したあと、自室の鍵を開けてもらった。イーディスは顔を覆って、ロージィに話しかけた。

「あの、ロージィ姉さん、私――」

しかし。そこにいるはずの姉は、どこにもいなかった。荷物も消えていたし、いつも壁に掛けられている制服もなかった。そこから姉の姿と存在がごっそり抜け落ちたようだった。

「ロージィ姉さん……？」

呟く声が遠い。後ろから、鍵持ちの執事の低い声が聞こえる。

「逃げたな。ずるがしこい奴《やつ》め」

遅れてやってきた体の震えが、イーディスの頭のてっぺんからつま先までを冷やしていく。

第一章

1

ハウスメイドたちの朝は早い。のに、イーディスは大変な大寝坊をしてしまった。それはもう大変な大寝坊である。四時には起き出さなければならないのに、六時に出ていったのだから当然怒られる。慌てて着替えたため乱れたメイド服のまま、ずり落ちそうな帽子を押さえる。抜き足差し足で人目を避けて、適当な仕事を見繕おうとしているイーディスの背後から、低いどすの利いた女の声がかかった。

「またお前ね、イーディス」

「メイド長《ハウスキーパー》」だ。何十回目かになるお決まりのセリフ。イーディスはすくみ上がった。

「ももも、申し訳ございません、もうしわけございませんっ」

噛《か》んだ。

「昨日のことはトーマスから聞いています。お前はいつになったらこの屋敷のハウスメイドである自覚をもてるのかしら」

昨日のこと。ぐっと唇を噛んだイーディスは、ロージィがいないことを思い出し、項垂《うなだ》れ、「すみません、ごめんなさい」と小さく呟いた。メイド長は冷たく言い放った。

「お前の謝罪は聞き飽きたわ」

他のハウスメイドたちはイーディスを気にもかけず、慣れた様子で仕事を始めている。主人お付きのボーイはそろそろ屋敷の主人・ヴィンセントを起こしに行った頃だろうか。

「だいたいお前は仕事もろくにできない、時間通りにも来れない、言いつけは守れない、何ならできるの。何だったらできるの。お言い」

「それは……その」

「お言い。イーディス・アンダント」

イーディスはただこの嵐が過ぎるのを待った。彼女の気がおさまるか、彼女のもとに何か他の面倒ごとが舞い込まなければ、彼女は「このまま」だ。イーディスはそれを痛いほどよくわかっていた。

確かに全体的にイーディスに非があるのは明らかなのだが。メイド長は、こうして必要以上に長々と説教をすることでストレスを発散するのだ。彼女のはけ口になるのは一番できの悪いイーディスと決まっていた。きっとメイドの数が減ったことで気が立っているのだろう。……イーディスは悲しくなった。

――ロージィ姉さん。どうして、逃げたの。どうしていなくなっちゃったの。

何かと庇《かば》ってくれた姉はもういない。イーディスの眦《まなじり》に少し、涙がにじんだその時。

「……メイド長！」

思いがけず救いの手が差し伸べられた。お嬢様お付きのメイド《レディース・メイド》たち数名が、揃《そろ》いも揃ってこちらへ走ってくるところだった。メイド長はお小言を引っ込めて、彼女たちに体を向ける。

「何？　お嬢様がどうかなさったの」

「ひどくご機嫌を損ねていらして……私たちも部屋から締め出されてしまって。二度と入ってくるなときつく言いつけられてしまい……とにかく、何が何だかわからないのです！」

「私たち、粗相をしたとは思いません！」

「いいわ。私が行ってお話をお聞きします。……イーディス。お前は屋敷の窓でも拭《ふ》いていなさい」

「は、はいッ！」

解放される。期待から声が大きくなった。しかし、

「全部よ。全部。一階から二階まで全て。終わるまで階段下《ベロウステア》には降りてこないで」

一体何時《いつ》までかかるやら。イーディスはメイド長の背を見送ってから、がっくりと項垂れた。

「……、はい」

「やるしかないのよね……」

そうなった以上はやるしかないのだ。どんなにつらくったって、やり始めたら意外とすぐ終わる。

――やると決めたらやるしかない。これがイーディスの座右の銘だった。

イーディスはしょんぼりしながら、水を入れたバケツと雑巾《ぞうきん》、それから脚立を携えて、言いつけられた通りに外へ向かった。玄関先のカーペットを箒《ほうき》で掃いているハウスメイド、シエラを見ながら、「ルンバがあれば楽なんだろうな」などとイーディスは思う。ルンバ。あの丸い形状。勝手に

掃除をしてくれるロボット……。ロボット？　ロボットってなんだっけ。

「……っていうか、なによ、ルンバって」

イーディスは呟いた。

「どうしたの、イーディス。また叱られるわよ」

玄関のタイルを拭き上げていたアニーが不審そうにこちらを見ていた。イーディスはそそくさと外へ向かう。頭の中には妙な円盤がくるくると床の上を滑るイメージがあって、それが付きまとって離れなかった。確実に、何かがイーディスの中に入ってきていた。でも、イーディスは「今日は朝から何か変だなぁ」と考えただけで、それ以上追及しなかった。


ここ数年で産業が爆発的に進歩したアーガスティンの街は公害に悩まされていた。それが、新しい工場群の煙突からもくもくと出る、真っ黒な煙だ。

煙の中に混じっている煤《すす》が窓に付着すると黒く汚れて、たいそうメイドたちの手を煩わせた。産業の発展は人々に潤いをもたらした。けれども、こうしたところで「しわよせ」がきていたのだ。

イーディスは雑巾を固く絞ると、脚立を上って背伸びをした。一《ひと》拭《ふ》きすると、雑巾はたちまち煤まみれになってしまう。

「……そもそもあの煙、地球に優しくないわ」

窓を拭きながら、イーディスは呟く。呟いたところで、あれ、地球って何だっけ？　と考える。やはり変だ。何かがおかしい。

イーディスがいるここは、レスティア大陸の端にある臨海都市で、アーガスティンはその中でもほとんど港と言ってよい。またの名を「水の都アーガスティン」である。主な貿易国はオルガノ海を挟んだ向こうにある島国、モンテナ島。今は産業の発達で、貿易の品が次々新しく変わっていくけれど……。

「地球……？」

誰も聞かない呟《つぶや》きで、イーディスは頭の中を整理していく。

「地球の六大陸は、ユーラシア、北アメリカ、南アメリカ、アフリカ、オーストラリア、あと……南極。じゃあ、レスティア大陸はどこに？　ここはどこ？　地球じゃないなら……」

窓の上の部分が綺麗《きれい》に磨き上げられた。下の部分を磨くために脚立を降りる。作業は順調だが、イーディスの頭の中はしっちゃかめっちゃかだ。

「待って、地球って何？　私と何の関係があるの？」

問いに答えるように、耳元で言葉が鳴った。

——日本。

誰かが囁《ささや》いたようにも思えた。それくらい自然なひらめきだった。イーディスは手を止めて、呟いた。

「日本……東京？」

言葉が引き金となって、瞼《まぶた》の裏に火花が散った。地面に座り込む。バケツの水を派手にこぼし、メイド服を汚す。けれどもイーディスは衝撃を逃す方法を知らなかった。頭を抱え、目を見開いた。

瞼がけいれんして、視野がぐらぐらと揺れた。

「私」は、以前地球にいたことがある。かつて、地球の、東京にいたことがある……。そこで「私」は生きて、生活をして。……じゃあ今は？　今はここでハウスメイドを……なぜ？

頭が沸騰しそう——実際に昨日の無茶のために高熱を出してしまっていることを知ったのは、一階の全ての窓を拭き終えて倒れてしまったあとだった。

すぐさまアニーとシエラが呼ばれ、イーディスは引き取られ、引きずられるように部屋に運び込まれた。

「イーディス！　ひどい熱よ、イーディス！」「イーディスしっかりして！」

アニーが呼ぶ。シエラが濡《ぬ》らしたハンカチを額に当ててくれた。けれども実感が湧かない。それは本当に自分なんだろうか？

朦朧《もうろう》とする頭の中で、ずっと、東京……日本のことを考えていた。

異なる世界。異世界。ここが異世界なのか、それとも「地球」が異世界なのか。「私」は何なのか。「イーディス」とは何なのか。そんな哲学めいた問いを繰り返しながら、イーディスは深く眠りに落ちた。全く同じ悩みを抱えて苦しんでいる、もう一人の少女の存在に気づかないまま。

——「私」の好きなもの。漫画。アニメ。ゲーム。日本が誇るカルチャーだ。

二次創作の同人にも手を出したことがある。でも、周りの人ほどの才能はなかった。だから「見る専」だった。

インターネットを眺めて、隣人の才能を羨《うらや》んだこともあったけれど、身の丈に合わないとわかってかえって諦《あきら》めがついた。「私」はできることを、向いていることを職にすべきだ。そう、たとえば……？

2

イーディスが目を覚ました時、世界は様変わりしてしまっていた。

まず住み込みの部屋が狭い。寒い。殺風景だ。何もない。あるといえば、壁に掛けられた鏡と、ハンガーからぶら下がっている数着のメイド服のみ。他は無。

これが「私」の部屋？

地下だから日も差さない。電灯を点《つ》けるとオレンジ色の暗い光がぼんやりと部屋の中を照らし出す。ない。何もない。扉を開けようかと思ったけれど、時計を見るに「鍵持ちの執事《バトラー》」が来るにはまだ早い。だから扉は、開かない。

……というか部屋の外鍵。人権侵害にもほどがある。内側から鍵をかけられないなんて問題、というか、若い娘や召使いの男を「所有物」扱いするだなんて、おかしいじゃないか。改善を要求しなければならない。

問題はまだある。賃金が安い割に、起きる時間が早すぎるし、寝る時間も遅すぎる。八時間なんかゆうに超えて十八時間労働。週休なし。こんなのどう考えても労働基準法に違反する。労基が黙っていない。何だこの職場。あんまりだ。貯金もできないから私物も増えないし、休みもなければ趣味を持つ余裕もないじゃないか。心が病む。アキバに行かせろ。ブクロに行かせろ。

ストライキだ。いっそ爆破してやろうか。

……変わったのはイーディスであって、世界ではなかった。

鍵持ちがひと通り扉の鍵を開け終える頃、きっちりとメイド服を着こなしたイーディスが広間に姿を現すと、真っ先にアニーが駆け寄ってきた。

「イーディス、大丈夫なの？　三日も寝込んで心配したわよ」

「大丈夫。熱は下がったみたい」

ああ、ここは中国知識のある世界なんだ、とイーディスは思った。「大丈夫」という言葉の語源は中国にあり、仏教と共に伝来したとか、なんとか。イーディスも「かつて」は創作者だったことがある。その程度の知識はあった。

でも「ここ」は——レスティア大陸を擁するこの世界は、中国のある地球とは別のところにある。

つまりは異世界。異なる宇宙の、異なる星の、異なる海に浮かぶ、異なる文明。

「私」はイーディスとして異世界転生をしたのだ。イーディスの思考はそこへ着地した。よくある異世界転生もののように、「私」は「イーディス・アンダント」として生まれ変わったのだろう。その事実はすんなりとイーディスの中に入ってきた。ごく自然に、鍵のないドアでも開けるように。

そう思うと、変に肝が据わったような感じがした。何が来ようが大丈夫。「私」はイーディスとは違い、十六歳の無学な小娘ではない。根拠なく無敵になったように思えた。「私」は確実にイーディスの味方で、よりよく、より多くのものを知っているのだ。

とはいえ、イーディスも「私」のこと――前世のことを全て思い出したわけではない。覚えているのは、「私」がファンタジーとミステリとボーイズラブが好きな成人おたくだったことくらいだ。他は全て靄《もや》がかかっていた。

「バカは風邪をひかないって言うけどねぇ」

「あはは」イーディスは笑って流した。日本のことわざが出てくるとなぜか安心する。

アニーの隣で、シエラが何か言いたげにしている。イーディスは彼女の目を見た。

「どうしたの、シエラ」

「あの、あのね」シエラがつっかえながら、手をパタパタ振った。「お嬢様の様子が変なんだって。おといから、ずっとその話で持ち切りなの。イーディスも知っておいた方がいいかと思って」

「お嬢様が?」

「――何を知る必要があるって言うのよ」

そこへお嬢様のメイドたち――御付きが姿を現した。エミリー、メアリー、ジェーンの三人組だ。

「お嬢様のお相手をするのは私たちよ。そこの『金皿十枚』にそんな機会ないわ。知らせるだけ無駄よ、シエラ」

年かさのエミリーが言った。イーディスと違い、リボンやカチューシャで身を飾った彼女たちは、つんと澄まして広間の奥へと向かう。奥に行くほど、位《くらい》の高いメイドと決まっていた。アニーが広間の奥に向かって舌を出してから、イーディスの耳元で囁いた。

「お嬢様は前から『御付き《レディースメイド》』だけに心を許していらしたでしょう、けど、ここ三日は誰も部屋に入れないの。兄君《あにぎみ》のヴィンセント様すらお部屋に入らせてもらえないそうよ。マグノリア夫人まで呼び出したのに……」

「マグノリア夫人⁉」

マグノリア夫人はオルタンツィア家の家庭教師《ガヴァネス》を務めあげた剛毅《ごうき》な夫人である。物腰は優雅かつ柔らかく優美だが、その指導は厳しく非常につらいと聞く。屋敷の主人、ヴィンセントすら泣いて音を上げたという、あの夫人《ひと》が訪ねてきてもダメということは、それはもはや誰もその扉を開けられないということである。

「食事はおとりにならない、清掃すら断る、部屋に入ろうものなら大声で叱られるそうよ。今はメイド長がお嬢様となんとかコミュニケーションをとっているらしいんだけど」

アニーはそこまで勢いよく喋《しゃべ》って、ちらと広間の奥を見た。御付きたちもこちらを見ていた。

「とにかく、何が起こるかわからないってこと。いつ何が降りかかってきてもおかしくな――」

アニーがみなまで言い終わらないうちに、階段上からけたたましい音が鳴り響いた。目覚まし時計のベルのような音。続いて、ガラスが割れる音がした後、メイド長の悲鳴が聞こえてくる。

「お嬢様！　お嬢様！　お気を確かに！　お嬢様！」

あきらかに、只事《ただごと》ではない。続けざまに鳴り響く破壊音、破裂音……イーディスはいても立ってもいられず、メイドの群れから飛び出そうとした。アニーがその手首を掴《つか》んだ。

「待ちなさいイーディス！　今の話聞いてたでしょ⁉」

「聞いてた！」

「行くべきじゃないわ！　余計に……ちょっと！」

アニーの手を振り払う。イーディスの脳裏には、あの寒空の下、ぼろを分け合って流星を眺めた彼女の姿しかなかった。

「イーディス！　もう！　バカ！」

イーディスは階段を一段飛ばしに駆け上がった。まっすぐ行き、突き当たりで左右に分かれた廊下を見渡して、まずバルコニーのある左へと走った。お嬢様の部屋に行く前に、することがある。

おそらく現場に赴いても、イーディスには何もできない。でも「彼」になら。兄君である彼なら、話は別のはず。ヴィンセント様！

ちょうど、ヴィンセントがボーイを引き連れて部屋から飛び出してくるところだった。危なくぶつかるところを、すんでのところでかわす。

「一体なんの騒ぎだ？」

「わたくしにもわかりかねます」

不敬、不敬というサイレンが頭の中でぐるぐる回ったが、構っていられない。

「お嬢様とメイド長の間で何かあったようです。ヴィンセント様、どうか、お嬢様のお部屋に」

「グレイス、またか……」

ヴィンセントは整えたばかりの銀髪をぐしゃぐしゃと掻《か》き回した。

「わたくしもお供いたします」

イーディスは毅然《きぜん》として言い放った。ヴィンセントは何も言わず、スーツの裾《すそ》を翻して妹の居室に向かった。それを許しと受け取って、イーディスも小走りであとに続いた。

廊下の角を曲がると、奥から二番目の部屋がグレイスフィールお嬢様の部屋にあたる。

イーディスの前を行っていたヴィンセントは立ち止まり、その場に立ち尽くした。

「……グレイス」

イーディスもその光景を見た。

メイド長が廊下の窓際に追い詰められている。彼女の周りには壊れた目覚まし時計や、高価な皿のかけら、羽毛の飛び出したクッション、ペン、紙くず……ありとあらゆるものが散乱している。

そして、それをメイド長に投げつけたと思《おぼ》しき少女は開いたドアの前に立ち、痩《や》せた体に怒りをみなぎらせて、肩を上下させていた。ぼさぼさの銀髪と、インクに汚れた右手が目についた。立派で清潔だったはずの部屋着は、何日も着たままらしい。襟元がクタクタになっている。

窓ガラスにたった今開いたらしい穴からは、朝の冷気が吹き込んできていた。

「私の許しなしに、部屋に、入ってこないでと、言ったわ。貴女《あなた》に言うのは二度目」

「しかしお嬢様……私共にも、仕事が。貴女様の身の回りをお世話するという仕事がございます」

メイド長はこんな時でもはっきりと物を言った。しかし、少女はピシャリと撥《は》ね除《の》ける。

「結構よ。部屋に入ってこないで。三回目」

「そうは仰《おつしや》いますが。身支度や、お水を使う時などは」

「私が自分でやる。……部屋に入ってこないで。四回目」

「お嬢様……」

「キリエ。わたくしが着替えも一人でできない子供だと？ 自分でできると言っているのに、貴女はわたくしの言うことを信用してくれないのね」

「滅相も、めっそうもございません！ 私は……」

メイド長がか細い声で弁明しようとするのを、ヴィンセントが遮る。

「それは子供の言い分だ、グレイス」

「……お兄様」

「なぜ使用人の言うことが聞けない。なぜ、急に人が変わってしまったのだ。こんな子ではなかったはずなのに」

グレイスフィールはようやく、兄の顔を見上げた。よく見ると、頬も黒インクに汚れてしまっている。彼女はそれでも秀麗さの損なわれない顔を歪《ゆが》め、笑った。

「聞き分けが悪いわたくしのことは、お嫌いですか。お兄様」

「わがままを言うお前は可愛《かわい》いが、今のお前は見るに堪えない。亡くなった父上と母上が見たらなんと言われるだろうか。嘆き悲しまれるに違いない」

ヴィンセントの激しい言葉に、グレイスフィールは凍り付く。

「お兄様……」

「もう限界だ。ここ数日のお前は全く手に負えない。悪魔祓《あくまばら》いでもなんでも呼ぶ。お前の正気が戻るなら何でもやる」

ヴィンセントは息を詰めて、それからまた、吐き出した。懇願するような声音が、廊下に響く。

「もとの可愛いグレイスに戻ってくれ、頼む、お願いだ」

グレイスフィールは黙ってしまった。

イーディスには、それが「深く傷ついているこども」のように思えた。十六歳――それ以上に幼い子供のように思えた。イーディスの前世である「私」が、彼女よりもずっとずっと年上だからかもしれないのだけれど。思わず、手を差し伸べてしまいたくなる。グレイスフィールは、そんな寂しい瞳《ひとみ》をしていた。

イーディスが何か言う決意をする前に、グレイスフィールは呟《つぶや》いた。

「……そう、そうですわね。私は悪魔だわ。外からやってきた悪魔に、唆されているのだわ」

グレイスフィールは、右手に持っていたなにかを強く床に叩《たた》きつけた。ぱしゃん、と音がして、少女の部屋着の裾を黒く染める。

「グレイスフィール！」

ヴィンセントが叫んで妹の下《もと》に走り寄ろうとする。それより早く、グレイスフィールは開きっぱなしのドアに手をかけ、大きな音を立てて扉を閉めてしまった。

令嬢の立っていた場所には、割れたインク瓶が転がっていた。


「メイド長」

沈黙を破ったのはイーディスの言葉だった。

「皆《みな》がメイド長を待っています。彼女たちに仕事を」

呆《ほう》けたように固まっていたメイド長はハッと我に返り、「ええ……」と返事をした後、相手がイーディスと分かると眉《まゆ》を吊《つ》り上《あ》げた。

「お前に言われなくともわかっています！　そんなことは、」

しかしメイド長は立たない。腰が抜けているようだ。

「手を貸しなさい！」

「かしこまりました、メイド長」

イーディスがメイド長に手を差し出す横で、ヴィンセントは険しい顔を崩さず、閉まった扉を睨《にら》んでいた。

「本格的に、悪魔祓いを呼ぶべきか……」

「旦那《だんな》様。発言をお許しください。恐れながら、エクソシストを呼ぶよりも先に、ガラス窓の修繕業者を呼ぶべきかと存じます」

イーディスは、割れたガラス窓を見上げてはっきりとそう言った。イーディスの右腕に支えられているメイド長が「なんと不敬な！」と喚《わめ》いたが、そんなことは気にしている場合ではない。

「二階にはオルガノ海からの冷風が吹き付けます。雪が降る前に、この大穴を塞《ふさ》ぐべきです。この穴をそのままにすれば、お嬢様だけでなく、使用人の体調にも影響いたします。風邪が流行すれば大事《おおごと》になりますし、屋敷が回らなくなってしまうでしょう」

冷気は下へ下へと降りてゆく。この穴を塞がなければ、階段下の使用人たちはひとたまりもないだろう。階段下《ベロウステア》に使用人の部屋を集めてあるから、冷気は必然、そこへ降りていく。暖房設備のない、自前の布団と毛布しか持っていないイーディスなどはきっと「いちころ」だ。

「……確かに、そうなんだが」

ヴィンセントの顔は険しい。

「グレイス……これでは屋敷から出せない。社交界デビュー《デビュタント》などもっての外《ほか》だ。おかしくなったか、悪魔が憑《つ》いているか……」

「恐れながら」イーディスはよどみなく続けた。

「エクソシストを呼んでも、この問題は解決致しません。かえってお嬢様を傷つけるだけだと考えます。お嬢様は……」

イーディスは適切な言葉を探した。少し間をおいて、続ける。

「混乱して、おいでです」

令嬢の中に悪魔がいる、とはどうしても思えない。イーディスは彼女の状態を思い返す。くたびれた格好、絡まった銀髪、汚れた手。インクの黒。そして、傷ついた子供のような横顔――。確かにエクソシストを呼びたくなる気持ちは分からなくないけれども。

「ではどうすればよい」

ヴィンセントは腕を組んだ。イーディスは、ぐっと拳《こぶし》を握り込んだ。

「お嬢様のことを、わたくしに一任してはくださいませんか」

考える前に、言葉が出ていた。イーディスはそんな言葉が自分の口から出たことに驚いたし、隣のメイド長などは目を見開いて眼球がこぼれんばかりだ。それも当然のこと、屋敷でいちばん「ポンコツメイド」のイーディスが、お嬢様の御付きの真似事《まねごと》をしたいと言い出したのだから。

「お前！　旦那様に、なんて口を！　イーディス！」

「た、たかがいちハウスメイドの分際で、旦那様にこんなことを申し上げるのが、不敬に当たるのは承知の上です、が」

不安になってきたイーディスを見定めるように、ヴィンセントは真っ直《ます》ぐ見下ろしてくる。美しい主人の真顔は、迫力があった。イーディスはそれでも、きっと顔をあげてヴィンセントの視線を受け止めた。

「策はあるのか」

「ございます」

またしても、口が勝手に滑った。メイド長はヴィンセントとイーディスを見比べながら、口をぱくぱくさせている。

「なら、三日だ。三日で、グレイスをまともにしてくれ。三日経《た》ってもああなら、私は悪魔祓いを手配する。それでいいな」

三日。そして「まとも」。――厳しい条件だ。勝算があるとも思えない。けれども。

「……かしこまりました、旦那様。必ずや」

イーディスは深々と頭を下げた。ヴィンセントの足音が遠ざかっていく。

3

ヴィンセントの言葉を思い出しながら、イーディスは腕組みをしてグレイスフィールの部屋の前に立ち尽くしていた。足元にはインクの真っ黒なシミとインク瓶のかけら。割れた窓ガラスの穴から冷ややかな風が吹き付けてくる。お嬢様の私物はそのまま廊下に転がっていた。

高級時計会社、クレセント社製の目覚まし時計は派手に壊れてしまっている。イーディスは「もったいないもったいない」と内心で呟きながらも、それを横目にこれからのことを考える。

あの後、ヴィンセントはいつも通り経営する製紙会社へと赴いた。そしてメイド長はフラフラしながら、一時間遅れの指示出しを行ったらしい。いつも通りのオルタンツィア家の一日が始まった

──数時間経っても、未《いま》だ今朝の出来事に囚われているイーディスを残して。

大きく息を吸い込む。ため息にするのはやめた。落ち着いて、目の前のドアを見つめる。

この世界にも悪魔祓いの概念がある。イーディスは反射的に「エクソシスト」と言い換えてしまったのだが、ヴィンセントには難なく通じていた。どうやらこの世界にはキリスト教……に似た宗教体系があるようだ。ならば悪魔も、悪魔祓いも、「私」の想像しているものとそう変わらないはずだ。イーディスはそう考えた。仮に、この「レスティア大陸」の世界に、本当に悪魔がいるとして。お嬢様の中に「それ」がいるとは思えない……。そんなものよりももっと単純で、もっと簡単なことだ。

──まず、やらなきゃいけないことがあるとしたら。

イーディスは勇気を振り絞って、目の前のドアをノックした。等間隔に三回。

「お嬢様、あの」

「……聞いていたわよ、全部」

イーディスははっと一歩引いた。声が、ごく近くから聞こえたからだ。まるで、ドアに寄りかかっているか、張り付いているか。とにかく、「こちらに意識を向け続けていた」らしい。イーディスがドアをノックするのを待っていたかのようだった。

「三日ですってね。まとも、なんて。もう無理よ。無理……」

グレイスフィールはドア越しに大きくため息をついた。

「はあ。わたくしの中には悪魔がいる。それでいいでしょう。あなたももう体を張る必要はないわ」

そう言い切ってから、また彼女はため息をついた。……これが彼女の癖なのだ。イーディスはいたましく思いながら、言葉を選んだ。

「お嬢様。わたくしでよければ、お力に」

イーディスは囁《ささや》くように言った。

「お嬢様、本当は悪魔などいないのでしょう。お力になりたいのです」

「そんなこといいわ。問題はね、」

しかしグレイスフィールは、イーディスの渾身《こんしん》の言葉をするりとかわしてしまう。

「……お兄様は、御付きのボーイとさえ会話をなさらないの」

「え？」

「ボーイはお兄様の一部。お兄様の手足。お兄様の意のまま。お兄様の所有物よ。物と会話しようとする人間はいないわ。そうでしょ？」

「はあ、」

「そんなお兄様が、屋敷の一部であるあなたと、あんな風に言葉を交わしたんですもの。あなた、わたくしをまともにできなかったら、間違いなく暇を出されるわよ」

暇を出される。つまり、クビ。――え、クビ？

「えっ。そんな。そんなことってあります？」

素で驚いてしまった。グレイスフィールは呆《あき》れはてたような声を上げた。

「まさかそんなことも気づかずにあんな真似をしてしまったの？　……今ならまだ間に合うわ。キリエに、思い違いでしたと。私は、グレイスフィールは悪魔に取り憑かれているからと。そうお言いなさい。そうすれば、あなただけでも」

「お、お嬢様！」

それっきり、声はしなくなった。彼女はドアから離れてしまったようだ。

イーディスは文字通り途方に暮れた。本当にそれで、いいんだろうか？

「イーディス！」

とぼとぼと退却してきたイーディスに、厨房《ちゅうぼう》の洗い場からすっ飛んできたアニーが叫んだ。

「三日後にお屋敷を出ていくって本当⁉　どうするつもりなのよ。救貧院《きゅうひんいん》になんか帰れないでしょう。物乞《ものご》いでもするの？　これから冬になるっていうのに？」

泡だらけの手がイーディスの胸倉を掴《つか》んでぐわんぐわん揺さぶる。屋敷を出ていく？　三日後？

初耳の事実が頭の中でぐるぐる回る中、イーディスを振り回すアニーは泣きべそをかいていた。

「待って待ってアニー、や、辞めないわよ。なんで？」

「メイド長が朝のミーティングでそう言ってたわ。旦那様の判断で、ですって……一体階段上《アップステア》で何をやったのよ！　だから言ったじゃない！　この馬鹿！　アホ！　イーディス！」

——お嬢様、もうダメです。失敗する前提で話が進んでいます。

ヴィンセントと対等に会話したというのは、イーディスの勘違いだったのだ。「一部」というグレイスフィールの言葉が脳裏を掠《かす》めた。

『ボーイはお兄様の一部。お兄様の手足。お兄様の意のまま。お兄様の所有物よ。物と会話しようとする人間はいないわ』

そうか。ここはそういう世界で、イーディスはそういう身分なのだ。たくさんある部品の一つに過ぎない。代わりはいくらでもいるのだ。アニーはらしくもなく洟《はな》をすすった。

「確かにあんたは輸入物の金縁の皿を十枚も割っちゃうし、何回教えてもモップ掃除したあとは床がマダラ模様になってるし、洗濯もちっとも上手《じょうず》じゃないし、どこの担当に回されてもあまりものになってるようなポンコツだけど、だけど」

「だけど？」

友人に盛大に貶《けな》されている。イーディスは胸元で啜《すす》り泣《な》くアニーの肩を叩《たた》いた。

「たくさんたくさん、迷惑もかけられたけど、やっぱり私と一番気の合う友達よ。うう……」

「アニー……」

アニーの涙を受け止めながら、イーディスは他人事《ひとごと》のように自分の立場を反芻《はんすう》する。グレイスフィールお嬢様をまともにする。三日後までにできなければ首が飛ぶ。そうでなくても「たかがハウスメイド」、期待されてはおらず、ほとんど解雇が決まったような状態で……。

絶望的。通り越して、絶望。

しかし、イーディスははたと思い当たった。

「アニー。そういえば、三日はあるのよね」

「へ？　三日しかないのよ」

アニーはきょとんとしている。しかし、イーディスは「今すぐ荷物をまとめて出ていけ」とは言われていないのだ。本当にクビにするのなら、今すぐにでもできるはずの屋敷の主人が、やはり「三日」という猶予を設けている。

今日を含めて、三日。イーディスは拳を突き上げた。

そうか。三日もあるじゃないか！　イーディスはアニーを抱きしめてぐるぐる回った。アニーは振り回されながら何が何だかわかっていないようだった。

「そうと決まったらこんなことしてる場合じゃない！」

アニーを放して、駆け足で廊下を行く。背後からアニーの声が追いかけてきた。

「イーディス！　どこ行くの！」

そんなの、決まっている。イーディスは叫んだ。

「ハウスメイドの、お仕事よ！」

4

イーディスは真っ先にメイド長を探しに走った。まずは彼女に聞くべきだ、と思ったからだ。

——なぜグレイスフィールお嬢様は取り乱したのか？

「メイド長。お時間をいただいても？」

「またお前ですか！」

メイド長は書庫にいた。本のひとつひとつに丁寧にハタキをかけながら、イーディスをジロリと睨《にら》みつける。

「お嬢様の御付きはどうしたのです。旦那《だんな》様の前であんな大見得を切っておいて……」

ああ、この世界には歌舞伎のようなものもあるらしい。大見得を切る、が慣用句として浸透するくらい昔から。

——中国知識といい、キリスト教っぽい何かといい、歌舞伎知識といい……まるで日本みたいだわ。

「そもそも！　何をやらせても半人前以下のお前がお嬢様の御付きだなんて何かしでかすんじゃないかと私は——」

「あの、メイド長！　お嬢様のことについてお伺いしたいのです。同じあやまちを繰り返して、お嬢様に不愉快な思いをさせないために。……メイド長も、何がお嬢様を不快にさせたのか、知りたくありませんか？」

イーディスは無理やりメイド長の小言を遮った。このまま聞いていたら日が暮れる。

「あ、ああ、」

メイド長はイーディスの勢いに目を白黒させながら、もごもごと言った。

「……良いでしょう。許します。手短に済ませなさい」

許しを得たイーディスは、ようやく尋ねることができる。

「お嬢様は、メイド長がお嬢様のお部屋に入室なさった時には、まだ眠っていらっしゃったのですよね？」

あの時。朝の四時半過ぎだったろうか。メイド長の悲鳴が聞こえたのは、そんな早朝だったと思う。朝の早いヴィンセント様とそのボーイが騒ぎを聞きつけて出てくるならまだわかる。でも、お嬢様はどうだろう。起こすには早い気がする。

「ああ……」

メイド長は遠い目をした。

「ここ数日のお嬢様は、起きていらっしゃる間だと、私たちがお部屋に入るのを拒まれるから。お嬢様がお目覚めになるよりも先に、カーテンを開けて、朝のミルクを準備しておこうと思ったの。そうしないと、ご朝食もお召し上がりにならないから」

なるほど。早すぎる入室はそういうわけだ。彼女はあの時の言葉通り、お嬢様の世話をするためにあの場にいたのだ。

「……でも、お嬢様は、起きていらっしゃったわ。まるで待ち構えていたようだった。カーテンを開けようとした私を部屋の外に追い出して……あのありさまよ」

「何がお嬢様の気に障ったのか、メイド長、お心あたりは？」

「わからない」

即答だ。覇気のない声。そして彼女は、困惑したようにイーディスを見返した。

その姿は、あまりにも、メイド長らしくなかった。ありとあらゆる棚の鍵《かぎ》を管理し、メイドたちを指導する立場にある彼女が、項垂《うなだ》れていた。

「本当に、本当にわからないの。……あんな……あんなグレイス様はみたことがないわ。まるで本当に悪魔が憑《つ》いたようで恐ろしかった」

「……悪魔」

イーディスは呟《つぶや》いた。メイド長はイーディスから目を逸《そ》らし、用は済んだとばかりにハタキをかけ始める。イーディスは一礼して、書庫をあとにしようとした。その時。

「悪魔祓《あくまばら》いを呼ぶべきだと、私も思うわ」

イーディスは、その言葉を振り切るように駆け出した。

メイド長の言葉に応えるにはまだ早い。

イーディスには、まだ知らなければならないことがある。

「え？　お嬢様の様子がおかしくなった時のこと？」

エミリーは険のある声音でイーディスを威圧した。

「どうしてあなたに、そんなことを教えなきゃいけないのよ」

「どうせ三日後に辞めるんでしょう？」ジェーンが声高に言う。

「辞めるって決まったわけではないのよ」イーディスは言った。「できないと思われてるだけ……多分」

「お嬢様は悪魔に憑かれているらしいわよ。悪魔祓いを呼べばおしまいじゃない。なぜあなたがそんなことを聞いて回っているわけ？」

　メアリーがうんざりしたように首を回した。

「あなたひょっとして暇なの？　……まあ、あのお嬢様はいつもそうだけれど」

　だるそうにティーカップを磨く三人娘。完全にナメられている。

　そもそも、お嬢様の御付きも、旦那様のボーイも、そこそこゆとりのある中流家庭から奉公に出された者たちなのだ。学校にも通っていたから読み書きも難なくできるし、奉公のための作法も教え込まれている。つまり、彼女たちは仕事内容から何から何まで、イーディスのような孤児《こじ》とは区別されているのだ。本来、イーディスはお嬢様の御付きになどなれない。

　その上イーディスは、メイドたちの間でも悪い意味で名が知れているものだから、嫌味にも拍車がかかる。

「あなたがお嬢様の御付きだなんて、ほんとうに、おしまいよね」

「金皿十枚よ、金皿十枚のイーディス」

「よくお暇を出されなかったわよね」

「帰る家がないからでしょ」

　散々な言われようだが、これまでのことを思えば仕方がないこと。イーディスはそう思って笑って受け流した。

「あはは……」

「きっとお嬢様の部屋に入ったら、お皿なんかじゃ済まないわよ」

「悪魔に憑かれたお嬢様に殺されちゃうかも」

「感情的になっちゃったお嬢様にインク瓶を投げつけられておしまいね。ガッシャーン！　……無事で済むといいけど」

それから乙女《おとめ》たちは笑った。イーディスは静かに拳《こぶし》を握り込んで、三人の整った横顔を見た。

……不敬だ。こんな人たちが今までお嬢様のお世話を？

イーディスへの悪口ならどうとでも受け止められる。けれど、お嬢様までどうして悪く言えるのだろう？　どうして、そんな風に笑えるのだろう？

「作業の邪魔だから、行ってちょうだいよ」

返す言葉もなく黙っていれば、笑い声は大きくなる。

「行ってってば、ねーえ、聞いてる？」「それとも公用語もわからなくなっちゃったの？　イーディス」「学がないと大変ね」「メアリー、言っても無駄よ、わかりゃしないわよ。もっと簡単な言葉で言わなくっちゃ」「聞こえてますか？　イーディス。仕事の邪魔だから、あっちへ行って？」

イーディスはニッコリ笑った。

「大丈夫よ、大きい声で言ってくれてるから、ちゃんと聞こえてるわ。でも大きすぎるかも――そうね、あなたたちに聞いても答えてくれないのなら、あなたたちの何が気に障ったのか、お嬢様に直接伺うことにするわね！」

三人娘の顔色は面白いくらい青くなった。言外に「お嬢様にチクるぞ」と言ったのだから当然。

以前のイーディスなら走り去るか、そのまま黙ってしまうか。多分そんなところだ。彼女たちもそうなると思ったのだろう。ポンコツイーディス、怒られてばかりのイーディス、失敗してばかりのイーディス……。でも、残念なことに、イーディスはもう以前とは違ってしまっている。労基があったら駆け込みたいし、嫌味に言い返すだけの頭脳もメンタルもあるのだ。

「じゃあね。お仕事の邪魔をしてごめんなさい！　邪魔者はいなくなるから、しっかりやってね」

「待って！　待ってよ！」

足早に厨房《ちゆうぼう》を出るイーディスに追い縋《すが》るジェーンの手。しかしイーディスはそれをやんわり撥《は》ね除《の》けた。満面の笑みで振り返る。

「邪魔しちゃ悪いものね！」

「ご、ごめん、ごめんなさい！　許して！　話すから！」

「結構よ。お仕事の邪魔をしてごめんなさいね。ごゆっくり！」

暗に「許すわけないじゃない」と言いながら、イーディスは彼女たちを振り切った。後ろからは徐々に罵《のの》りに変わっていく女の悲鳴が聞こえてきたけれど、無視した。

時計を見ると、もうすぐ昼時だ。メイド長の言葉が本当なら、お嬢様は朝のミルクも召し上がっていない。お腹《なか》を空《す》かせていらっしゃるかもしれない。部屋から出たくないのなら、こちらからお伺いを立てるほかない。イーディスはすっと背筋を伸ばした。

「さて……お伺いしましょうか」

階段上《アップステア》へ上がり、お嬢様の部屋をノックする。規則正しく、三回。ノックの回数は三回と決まっている。前世の記憶がそう言っていた。

「お嬢様。イーディスが参りました」

しかし、返事がない。イーディスはもう一度ノックをした。やはり、反応がなかった。

「お嬢様？」

何かあったのだろうか？　恐る恐るドアノブをひねると、開いている。鍵はかかっていないようだ。ドアを開けるか否か、迷うイーディスの耳元に、グレイスフィールの言葉が蘇《よみがえ》る。

『私の許しなしに、部屋に、入ってこないでと、言ったわ』

『部屋に入ってこないで』

……そういえば。

『私たちも部屋から締め出されてしまって。二度と入ってくるなときつく言いつけられてしまい……何が何だかわからないのです！』

三人娘たちも確かそう言っていた。二度と「入ってくるな」。お嬢様がそう言ったと。

入ってくるな？

イーディスははたと思い当たった。イーディスが記憶を引き継いでいる前世の「私」が、と言い換えてもいいかもしれない。瞼《まぶた》の裏を、ぐるぐると情報が駆け巡っていた。イーディスが当たり前だと思っていたこと。そして「私」が当然だと思っていたこと……それらの齟齬《そご》に、ようやく辿《たど》り着《つ》いた。衝撃で、頭がくらくらした。

ああ。そんなことが。盲点だった。もしかして。もしかしたら。

イーディスは「お嬢様、ごめんなさい」と呟いた。ひねったノブを押し、わずかに扉を開ける。

部屋の中は暗く、カーテンは締め切られていた。少し湿っぽいにおいがする。グレイスフィールはうとうと眠っているようだった。ひょっとしたら、誰かに入られることを恐れて、慣れない早起きをしたのかもしれなかった。

イーディスは、そんな部屋の中の様子は努めて見ないように、ドアの内側を……厳密には、ドアノブの下側をまさぐった。

——ない。

今度は少しだけドアを開けて、顔だけを部屋に差し入れる。目でも確認した。

——やっぱり、ない。

内鍵がない。綺麗《きれい》に、ないのだ。これでは内から鍵をかけられない。「鍵をかける」なんて選択肢は、最初から彼女になかった。

扱いは下級ハウスメイドのイーディスと一緒だ。「鍵持ちの執事《バトラー》」に管理されている、ハウスメイドと、一緒だ。

知らなかった。お嬢様の部屋など無縁の働き方をしてきたから、全然、知らなかった……。

グレイスフィールお嬢様はただ、「私室に勝手に入ってくるな」と、そう仰っているだけなのだ。

イーディスはそっと、扉を閉めた。

5

内鍵のない部屋。内から鍵をかけられないから、「鍵持ちの執事」に一度鍵を開けられてしまえば、誰もが入り放題。つまるところお嬢様は、メイドが勝手に入って勝手に何かをするのが、お嬢なのではないだろうか。

イーディスは頭をフル回転させた。

今朝のメイド長など、ノックもせずに入ったに違いない。お嬢様が眠っていると思って、起こさないように入室したはずだから……それじゃあ、お嬢様があの剣幕になるのも道理だ。入ってくるなと言いつけた上でメイド長のあの振る舞いなら、その裏にどんな親心があっても、お嬢様は許さないだろう。そんなのは、プ、ラ、イ、バ、シ、ーの侵害だ。

イーディスは前世のまだらな記憶の中からそれを引っ張り出してきた。

【プライバシー】私事、私生活。および個人の秘密。あるいは、それらが侵害を受けない権利。

――イーディスの脳内辞典より

だとすれば、なんとなく筋が通る。お嬢様は自分のプライバシーを主張しただけ。日本、東京から転生してきたイーディスと「私」には、極めてまっとうなことのように思われた。

問題が残っているとしたら、「なぜお嬢様は、突然プライバシーを意識し始めたのか」ということだ。……が。

ぷつん。

限界だ。イーディスは頭の使いすぎで思考停止してしまった。

──イーディス、ばか、しっかりしなさいよ……！

中身《ソフト》が優秀でも頭《ハード》がダメだとこうなってしまうのか。

イーディスは己を憂いた。考えることは山ほどあるのに。きっと前世の「私」なら、ちょちょいのちょいで片付けてしまえるのに……。イーディスは、暗雲のように不穏な思考を振り払うように、ぱちんと両頬を叩《たた》いた。そして、腕捲《うでまく》りをする。

「頭が動かないなら体を動かすまで、よね」

細かいことは思い出した時に、あとで考えることにする。ひとまず廊下の隅に寄せてある、お嬢様の私物を整理するところから始めよう。

ひどいありさまだった部屋の前は、ある程度片付けられていた。赤いカーペットの上には、大きなシミが黒々と残っている。このシミを抜くのは大変そうだ。一体何日かかるだろう……。

穴の空いてしまったクッション、そして高級目覚まし時計……。

「……うわあ」

投げ出されたクレセント社製の目覚まし時計は、時計の長針が外れてしまっている。

「直せるのかしら、これ……もったいない……」

どうにかしてクレセント社に持っていけばあるいは……などと考えているイーディスの目に、廊下の隅が映り込む。

「……あれ」

つけペンと、飾り皿のかけらが落ちていた。かけらの方は、もとは大きな皿だったらしいのに、今はたったこれだけしか残っていない。ばらばらに割れてしまったのだろう。そして、ほとんどがガラス片とともに片付けられてしまったのかもしれない。小さく文字が書いてある。イーディスは拾い上げたかけらにぐっと目を近づけて、それを読んだ。

イーディスは読み書きできないけど……どうにか読めた。

難しい言葉ではなかったからだ。

「……わいい、わたしたち、の、グレイスへ　おたんじょ」

かけらに書いてあるのはそれだけだった。イーディスは、目を伏せた。そして、英雄の流星が降った夜のことを思い出した。

『誰も覚えていない、わたくしの十六の誕生日』

オルタンツィアのご兄妹の両親は、汽車の事故で亡くなったと聞いている。これはおそらく、そのご両親からの贈り物の一つだったのではないか。

「……お力になりたいわ」

心の底から、そう思った。

「絶対、悪魔祓《あくまばら》いなんか要らない。要らないはず……」

イーディスは皿のかけらとペンを、メイド服のポケットに仕舞った。それから壊れた目覚まし時計を抱え、グレイスフィールの部屋に向き直り、ノックをした。

「――お嬢様。……お休みのところ失礼いたします。お目覚めでいらっしゃいますか？」

「ええ、ふああ。起きてるわ。……なあに。またあなた？　まだ諦《あきら》めていなかったの？」

よかった、起きていらっしゃる。これでお食事のお伺いができるし、御用を聞くことができる。

……と思ったが、

「また？」

ドア越しなのに、まるでイーディスを識別しているかのような言い方をするから、イーディスは聞き返してしまった。

「また、と仰《おつしや》いますと」

「わかるわよ。ノックを三回するの、あなただけだもの」

「え」

「あのメイドたちは『わたくしです』とかなんとか言ってそのまま入ってきたりしますからね。あなたくらいよ。律儀にノックして声をかけてくるメイド」

先ほどまで考えていたことが、的中した。イーディスは胸を押さえて、どきどきしている心臓を宥《なだ》めた。

「や、やっぱりか……」

「やっぱり？」

「いいえ、こちらのお話です。……お嬢様、今朝から何も召し上がっていないと伺っておりますが」

しばし、沈黙があった。

「ええ、そうね。お腹が空いているみたい。……食欲が戻ってきた。よかったわ」

「何か、ご要望がございましたらお伺いいたします」

またしばし、沈黙があった。

「あなた、変なの。出来合いの決まったメニューを押し付けてこないのね。あの子たちだといつも料理長《コック》の気まぐれサンドイッチなのに」

イーディスはぶったまげた。

——そんなことってある？　料理長の気まぐれサンドイッチって、メイドのおやつじゃないの⁉　そんなものを朝食に押し付けていたの？　あの三人組……！

ほぼ同時に怒りがこみあげてくる。クレセント社製の目覚まし時計をぎゅっと抱きしめて、イーディスは叫んだ。

「おっ、お嬢様のお役に立つのが、メイドの仕事です！」

グレイスフィールは沈黙していた。イーディスは怒りのまま、言葉も選ばずに弾丸のようにしゃべり続ける。

「ありえない！　お嬢様にそんなものを押し付けるなんてありえない！　メイドとしてどうかしています！　わたくしどもの役割は、おきゃ……お嬢様のお役に立つことで、あって……」

——あれ、私今なんて言おうとした？

まるで、昔から口にしていた、「口癖」のようなものが、勝手に出てきたようだった。イーディスは違和感の中で、開かない令嬢の部屋を見上げた。

「ですから、その……わたくしは、お嬢様に快適に過ごしていただけるように尽力いたします。無理やりお部屋に入るつもりはございません。ご希望があれば申し付けてください。わたくしが対応させていただきます」

というか、この「言い回し」はどこで覚えてきたんだっけ。

「ふうん。いい心構えね。とってもいい。それなら、わたくしもわがままを言ってもいいかしら」

「なんなりと」

「ハンバーガーとフライドポテトが食べたいわ。出来上がり次第、部屋の外に置いておいてちょうだいな。気が向いたら食べることにする」

——ということは、この世界にも、ハンバーガーとフライドポテトがあるってことかしら。

「かしこまりました、ではご用意ができ次第、お知らせします」

「ありがとう」

イーディスはやはり違和感の中で注文を了承した。……しかし、このグレイスフィールのわがままが、いかにとんでもないかを、あとでイーディスは思い知ることになるのだ。

6

イーディスはすぐさま厨房《ちゅうぼう》に赴いた。厨房の中程まで入ってから、作業に熱中する調理員に声をかける。

「あのう」

早くも夕食の下拵《したごしら》えを始めていた料理長が、イーディスを見咎《みとが》めてこちらへツカツカと歩み寄ってきた。

「なんだ。金皿十枚、何か用か」

「グレイスフィール お嬢様が、ハンバーガーとフライドポテトをご所望です。できるだけ早くお召し上がりいただきたいのですが」

イーディスは早口にそう伝えた。しかし料理長は首を傾《かし》げた。

「なんだ、ハンバーバーとかいうのは」

「ええと。ハンバーガーです、料理長……」

「なんだ、ハンバーガーというのは」

料理長は訂正を受けて言い換えた。……言い換えただけだった。嫌な予感に貫かれ、イーディスは恐る恐る尋ねる。

「ひょっとして……ハンバーガー、ご存じない？」

「聞いたことないな。モンテナ《海むこう》の料理か？」

――嘘でしょお!?　あるんじゃないの!?

「……お嬢様は詳しく仰っていなかったのですが、多分モンテナのお料理でしょう……ね」

言葉で誤魔化しながらも、イーディスの背を冷や汗がダラダラ流れ始めた。

どういうことだ。一体、どういうことだ。

「じゃあ、フライドポテトも、もしかして……ご存じない？」

「ジャガ芋《ポテト》なのはわかるが、フライドとはなんだ？」

「ああー……私にもわかりません。どうしよう。困ったわ……」

いや、フライドポテトだよ。と「私」がツッコミを入れたがっているのがイーディスに伝わってくる。

でもこの世界にはないらしい。中国もキリスト教も歌舞伎もあるのに、ジャガ芋ですらあるのに、ハンバーガーとフライドポテトはないらしい。ひょっとしたら、海の向こうの貿易相手国、モンテナの料理として存在するのかもしれないけれど。それにしたって！　なんなんだこの異世界。設定が雑にもほどがあるでしょうよ！　この中で一番ありそうなものが無いなんて！

イーディスは途方に暮れた。お嬢様はハンバーガーとフライドポテトをご所望なのだ。なんとかしなくては。なんとか……どうやって？

「あのう。厨房をちょっとだけ貸していただくことはできませんか」

「できると思うか？　金皿十枚」

即答である。

「金皿十枚」。もはや二つ名となりつつある不名誉な称号に、イーディスはガックリと項垂《うなだ》れた。

「許してください。あれは不幸な事故だったんです」

「事故だから許すってのがまかり通るなら法律は要らんね」

「うう……」

イーディスが輸入もののお高い金縁の皿を十枚叩き割ったのは、屋敷に勤め始めて一ヶ月としない頃だった。長く仕立てすぎたメイド服の裾《すそ》を踏んづけて派手にすっ転んだのである。それ以来、イーディスに厨房の仕事はしばらく回されなくなった。いっとき出入り禁止にまでされていたのだが、時間経過のためか、今はそうでもない。用をこなすために、出入りくらいはさせてもらえるようになっている。でも、「金皿十枚」も割った小娘だ。その二つ名がある限り、どんな言葉を尽くそうと、厨房を貸してもらえるとは思えなかった。

——自分で作れないとなれば、どうすれば。お嬢様は今この瞬間も待っている。

考え込むイーディスがよほど悲愴《ひそうかん》感を漂わせていたのだろう、料理長はコック帽子のてっぺんをつまんで、こう言った。

「レシピさえあれば作れるが」

「本当ですか⁉」

イーディスは飛び上がった。レシピ！　そうか、作り方さえわかれば、似たものが作れるかもしれない！

「あるのか、レシピ」

「あります！」

「よこせ」

ぶっきらぼうに料理長が手を出す。しかしイーディスは満面の笑みで、こう答えた。

「今から作ります！」

「はあ!?」

「お嬢様に聞いてまいります！」

「お嬢様に直接!? 噂じゃあ……お嬢様は悪魔祓いを呼ばなきゃならないんだろう？　お前、行っても大丈夫なのか。金皿……」

「イーディスです」イーディスはキッパリと言った。「イーディス・アンダント。この三日間、お嬢様の御付きをさせていただいております」

イーディスはそれから、料理長の目をじっと見た。

「それから、これからもおそらく、お嬢様のご要望を私からお伝えすることがありますが……できるだけ、お嬢様の思った通りのものをお届けしたいのです。力を貸していただけませんか」

料理長はイーディスの目を見返し、しばらくして、ふっと笑った。

「なるほどな。なるほどなぁ。わかったよ。お前さんも成長したんだな。金皿……」

イーディスは訂正するのを諦めた。

ペンはある。ポケットの中の、お嬢様のものを拝借しよう。インクと紙さえあれば、イーディスにもレシピは作れるだろう。……問題は、ろくに字の書けないイーディスが、説明文を書けるかどうかだ。

――でも以前のイーディスよりはまし！　百倍マシ！

お嬢様の部屋にかけ戻り、ノックを三回。

「……失礼いたします」

返事はすぐだった。

「あら、もう出来上がったの？」

「恐れながら、お嬢様。ハンバーガーとフライドポテトは異国のお料理だったようでして、」

ふふ、とグレイスフィールの笑い声が聞こえた。可笑《おか》しいというよりも、やっぱりねと、諦めるような笑い方だった。

「そうだったのね。わたくし、本か何かで見た空想のお料理を、あなたに注文してしまったみたい」

にじむ失望を隠さずに、令嬢は続ける。

「ごめんなさい。――からかって悪かったわ。あなた、本当にどこかからそれを持ってきてくれそうだったから。本当に……悪かったわ。忘れて。――いつもどおり、料理長が気まぐれで作っているサンドイッチでいいから。それを持ってきてちょうだい」

「あ、お嬢様、あの……」

いや、違う。違うはずだ。と、「私」は思った。

だって「私」も、その料理を知っているから。空想の料理などではないから。異世界ではごく普通に食べられているジャンクフードだから。

だからもし、お嬢様が「そう」と知っていてイーディスに無茶な注文をつけたのだとしたら、……それは、誰かに「通じる」のを待っていたのではないだろうか？　誰でもいい、誰かが、それを知っていることを期待したのではないのだろうか？

——お嬢様。いいえ、グレイスフィール。あなたの悪魔は、ひょっとして……。

「これも悪魔のせいね、ごめんなさ……」

「お嬢様」イーディスは彼女の言葉を遮った。口が勝手に回っていく。「ハンバーガーというのは、パンで薄いハンバーグのようなものを挟み込んで、ピクルスやチーズやトマトソースを挟んである、サンドイッチのような食べ物でお間違いないでしょうか？」

「えっ」

グレイスフィールの困惑が、ドア越しに伝わってきた。

「フライドポテトは、スティック状に切ったジャガ芋を、油で揚げたお料理ですね？　お塩をまぶすのとトマトソースにつけて食べる方法がありますが、どちらにいたしましょう？」

「……し、塩がいいわ」

「かしこまりました」

「できるの？」グレイスフィールは扉の向こう、ごく近くから尋ねた。籠《こ》もったような声の中に、困惑と少しの期待が読み取れた。

「本当に、できるの？」

「再現料理ですから、お嬢様のご期待通りの味になるかは分かりません。ですが、料理長と共に作ってみますわ」

　グレイスフィールはしゃっくりをした。

「すごいわね、あなた……本当に、すごいというか、なんというか……」

「恐れながら、お嬢様、紙とインクなどございますか？」

「たくさんあるけど、何に使うの？」

「レシピを書いて、料理長に渡します。……問題はわたくしが文字を書けるかどうかです！　でも、何とかします。……お嬢様のためですから」

　グレイスフィールはそれを聞いて、

「なら、五分待って。私が描くわ。あなたが書くよりきっと早いはず」

「お、お嬢様が？」

「うふふ」

　グレイスフィールは心底楽しそうに笑った。

「こんなの、本当に久しぶり」

　五分後。

静物画もかくやという挿絵付きのレシピが、インクまみれの指先からイーディスに手渡される。見ただけで流麗とわかる字といい、本物と見紛《みまご》う挿絵といい、これで調理失敗はありえないだろう、そう思わせた。

「お、お上手《じょうず》ですわ！　すごい！　ま……ほうみたいです！」

漫画家みたい、という言葉をすんでのところで呑《の》み込み、イーディスは絵に見惚《みと》れた。

「お嬢様には絵の才能がございますね！　お嬢様が描いたと教えたら、皆驚きます！」

少女は照れ臭そうに頬を掻《か》いた。インクが、真っ白の頬を汚す。

「じゃあ、……そのレシピ、よろしくね」

銀色のまつげに縁どられた青い瞳《ひとみ》が、確かにこちらを見ていた。

「あなたをなんと呼べばいいかしら？」

「イーディス。……イーディス・アンダントでございます、お嬢様」

「ではイーディス。ハンバーガーとフライドポテト、楽しみにしているわ」

「はい！　承りました、お嬢様！」

跳ねるように階段を駆け下りて厨房に向かう途中で、三人娘とすれ違った。彼女たちは厨房へ駆け込むイーディスを見て、ひそひそと囁《ささや》き合った。けれどもそんなことはどうだっていい！

「料理長！　レシピです！　なるべく早く完成させてください！」

「よしきた！　任せろ金皿十枚！　お前はそこから見てな」

「ええっ⁉」

「これでも譲歩してるんだぜ。皿に近づけたくないからな」

「うう、はい」

それを言われると何も言えない。

料理長は渡された紙を一瞥《いちべつ》し、休憩中だった厨房係の青年、デアンを捕まえ、それから材料を揃《そろ》えていった。肉、玉ねぎ、にんじん……イーディスは言い付けられた通り、それをちょっと遠くから見守っていた。手伝いたくてうずうずするのを我慢しながら。

「まず、ハンバーグを薄くしたものを作るんだな？」

イーディスは安心した。……ハンバーグはあるらしい。ハンブルク風ステーキ。

料理長たちはテキパキと動き回る。無駄がなく、隙もない。

包丁を扱ったと思ったらすぐ金属のボウルが出てきた。挽肉《ひきにく》が放り入れられたかと思うと、きざんだ野菜、塩胡椒《しおこしょう》が入って、あっという間にハンバーグのたねが出来上がる。

二人の手で薄く薄く伸ばされたそれが、フライパンに四つ載せられた。

「四つも？」

イーディスが尋ねると、料理長は当然とばかりに返す。

「異国料理なんか滅多に食えない。研究だよ、研究」

「万が一失敗しても大丈夫なようにでしょ」

デアンが口を挟む。コック帽から覗《のぞ》く赤毛。鳶色《とびいろ》の目がくるくる動いて、それからイーディスを見た。

「それに可愛《かわい》いメイドさんの分もあると見た。ね、料理長」

「余計なこと言うな、デアン」

「余計でしたか？」

タイミングを見て、デアンはハンバーグをひっくり返した。それを確認した料理長は、たっぷりの油を入れた大鍋《おおなべ》を火にかけ始める。

「フライドポテト……ジャガ芋をサラダ油で揚げて火を通し、よく油を切って……おいこのレシピの字、お前さんの字じゃないな？」

イーディスは胸を張った。

「はい、お嬢様の字です。その挿絵もお嬢様がお描きになりました」

「お嬢様が？　……すごいな」

「へぇー」

デアンが目を輝かせた。

「お金が取れそうな絵だなぁ。綺麗《きれい》だ。字も綺麗だし。まさかお嬢様にこんな才能があったなんて。これで一儲《ひともう》けできそうですね」

「金だのなんだのって、お前はそういうことしか言えんのか！」

料理長が呆《あき》れたように言った。

そんな軽口を交わしつつ、デアンは出来上がったハンバーガーのパティを見下ろし、ちぎったレタスをパンの上に載せた。料理長はからりと揚がったポテトを次々と油から引き上げていく。

「レタスの次に、ハンバーグ、チーズ、トマトソース、ピクルス、からし……？　これ、からし載せてもいいんですか、料理長」

「知らん、レシピ通りに作ればいいだろ」

「ちょっとだけです！　からしはちょっとだけ！」

イーディスは場外から叫んだ。「トマトソースは味付けのつもりで！」

イーディスにできることはこれしかない。

「なるほど、メインはトマトね」

デアンは呟《つぶや》き、最後の仕上げを施していく。ソースを載せた上にパンを重ねて、それをピックで刺す。こうして、グレイスフィールの描いた絵通りのハンバーガーがひとつ出来上がった。

一方で、料理長が揚げ終えたポテトに、塩が振られる。

「こんなもんかね」

「お二人ともさすがです！　すごい！　天才！　いよっ！　レスティアいちっ！」

イーディスは拍手喝采《かっさい》と共に二人を労《ねぎら》った。

「お疲れ様です！　これでお嬢様にお届けできますね！」

「待て。味見だ味見」

料理長が言い、デアンがハンバーガーを差し出した。イーディスは瞬《まばた》きをした。

「あじみ？」

「お出しする料理の味くらいわかっておけ。そのために余分に作ったんだ」

「あ、感想とか改善点とかあったら教えてくださいねー」

デアンはサッとノートと鉛筆を取り出した。イーディスは二人を見比べてから、ありがたく「最初のハンバーガー」を頂くことにする。

一口め。

「うーん。ちょっとトマトソースが多いかも。ハンバーグにお味がついているので、少し控えめにして……」

「なるほど？」

「レタスはもっときっちりお水を切った方がいいですね、パンに染み込んでしまうから……」

「ほうほう」

「ピクルスとからしはこれで丁度いいです。おおむね、ハンバーガーと呼べると思います」

「了解」

デアンはメモを取ってから、二つめを作りにかかる。料理長はそんな弟子の姿を見送ってから、ポテトを盛った皿を勧める。

「これはどうだ。火は通ってると思うが」

イーディスはポテトの皿にも手を伸ばした。

「……うん、おいしい。大丈夫だと思います。きっとお嬢様にご満足いただけます」

「よかった、あとはあっちだけだな」

「改良品、どうですかねー」

ちょうどデアンが二つめを持ってきた。料理長がすかさず口を挟む。

「それは俺にも食わせろ」

「じゃあ切ってみますか。僕も味見したいですし」

ナイフで綺麗に切り分けたハンバーガーを、それぞれ食べる。

うーん、と声が漏れたのは料理長だった。

「……すごく美味《うま》いな、いいな、ハンバーバー、」

「ハンバー『ガー』です、料理長」

「さっきと比べてどうです？　イーディスさん」

イーディスはデアンを見つめた。

「良くなりました。お嬢様の分も、この配分で作ってみてください」

「了解です。……なんだかイーディスさんて、金皿十枚って感じしませんね」

思いもかけないデアンの言葉に、イーディスは目をしばたいた。金皿十枚はもはや挽回《ばんかい》できない
イーディスの代名詞だとばかり思っていたからだ。ここで働く以上、ついて回る過去の汚点だとばかり。

「そう……ですか？　なぜそう思うんです？」

「うーん、前の方が可愛かったからかなぁ」

デアンは手についたトマトソースを舐《な》めた。イーディスはなぜか目を逸《そ》らしたくなって、でもど

うすることもできなくて、うつむく。料理長が大きくため息をついた。

「デアン。とっととお嬢様のお召し上がりになるハンバーバーを作るんだ。俺は盛り付けるだけだからな」

「了解です」

「あの、料理長。ハンバーガーですけど」

「……いいか金皿。あいつは女となれば誰にでもああだから、惑わされるな。泣くぞ」

イーディスの訂正は無視された。

7

「行けるか？　支えなくて大丈夫か！」

「大丈夫です、大丈夫ですってば。金皿十枚の二の舞にはしませんから！」

そう振り切って、イーディスはハンバーガーとフライドポテトを載せた盆を持ち直し、階段上《アップステア》へ向かう。お嬢様の部屋がある二階の廊下に差し掛かると、メイド長が黙ってお嬢様の部屋のドアを見つめていた。

「メイド長、どうされました？」

「イーディス。それは?」

「お嬢様がお召し上がりになる料理です。ご注文の通りに作ることができたので、出来立てのうちにお召し上がりいただこうと思いまして……」

メイド長はそれを聞いて深々と息を吐いた。

「よかった。今日も何もお召し上がりにならないのではないかと」

メイド長はメイド長なりに、お嬢様のことを心配していたようだ。それもそのはず。彼女はお嬢様が幼い頃からここに勤めていて、お嬢様の今までのことを全て知っているのだから。

「やつれておいでのようだったから……でも、私の顔など、見たくないでしょうね……」

弱気な発言は、あまりにメイド長らしくなかった。成長を長らく見守ってきたお嬢様にあの剣幕で怒鳴られてしまったら、どんなにメンタルが強い人でもこうなってしまうのだ。

だからイーディスは、敢えてこう言った。

「メイド長。これを持っていただけませんか。メイド長の手で、お渡ししてください」

「で、でも……」

「いいから、私の言う通りにしてください。……大丈夫ですから」

続いて手ぶらのイーディスは三回ノックをする。メイド長の言葉は聞かず、努めて平静に令嬢に話しかける。

「お嬢様。ご希望のお料理をお届けに参りました。温かいうちにお召し上がりいただきたいので、ドアを開けてもよろしいですか」

「いいわ。許します」

「失礼いたします」

イーディスがドアを開けると、すぐ前にお嬢様が立っていた。グレイスフィールは、イーディスの後ろにメイド長の姿を見つけて目を丸くした。

「き、キリエ……」

「お嬢様、こちらがハンバーガーとフライドポテトでございます」

イーディスの言葉とともに、メイド長はうやうやしく盆の覆いを取って、ドアの隙間から彼女にそれを差し出した。

料理長とデアンが作り、イーディスが味を確かめ……そしてメイド長が持ってきた、お嬢様のためだけの料理。

——どんな時も大事なのは、心からのおもてなしよっ！

「味も料理長のお墨付きです。きっとご満足いただけます」

完璧《かんぺき》な口角で微笑《ほほえ》むイーディスを見て、グレイスフィールもしずかに微笑んだ。

「ありがとう。イーディス。わたくしのわがままを聞いてくれて」

「いいえ。お嬢様のお役に立つのが、メイドの務めです。これからもなんなりとお申し付けください」

それからグレイスフィールは、青い瞳《ひとみ》をついとメイド長に向けた。

「……あのね。キリエ。聞いてくれる？」

「はい、なんなりと」

メイド長が頭《こうべ》を垂れる。グレイスフィールは一度部屋の奥へ戻り、盆をどこかへ置いたあと、またドアの隙間から顔を覗《のぞ》かせた。

「わたくし、勝手に部屋に入られるのが嫌になってしまったの。……本当に、嫌なの。ですから、今度用があるときは、イーディスのように一度ノックをして、わたくしに聞いてほしいの。入っても良いかと。良い時は良いと言うし、ダメな時は入らないでと言うから」

「承知いたしました。メイドたちにも、そのように伝えます」

「それから、……今朝はあんなことをしてごめんなさい。何度言っても言いたいことが伝わらなくってカッとなってしまって。本当に、ごめんなさい、キリエ」

イーディスはただ、二人を見守っていた。

しばらくして、頭を垂れたままのメイド長が、がっくりと泣き崩れた。

「お嬢様！　許しを請いたいのはわたくしです！　お嬢様に悪魔が憑《つ》いているだなんて、一瞬でも信じてしまったわたくしをお許しください！　お嬢様は以前のまま、お優しいお嬢様です！　私が、私が間違っておりました……！」

イーディスは小さく丸まった彼女の背中を見下ろした。しかし、グレイスフィールは――。

「――いいのよ、キリエ。悪魔が憑いたのは本当なのだから」

イーディスははっとグレイスフィールを見た。

「もうどうしようもないのよ」

お嬢様の顔は暗く陰っていた。

——どうして。どうしてそんなに、絶望しているの、グレイスフィール。あなたは、「私」と同じなんじゃないの……？

「二人とも、下がってよろしい。お食事はゆっくりいただくわ。お皿は廊下に出しておくから、見つけ次第下げて頂戴《ちょうだい》な」

「かしこまりました、お嬢様」

メイド長はまだ涙を拭《ぬぐ》っている。イーディスはハンカチの持ち合わせがないことに気づいて、ポケットに手を突っ込んだ。ポケットの中には、お嬢様のペンと、絵皿のかけらしか入っていない。

破れた窓ガラスの向こうから、夕日がさし込んでくる。そろそろ屋敷にランプの灯《あか》りがともり、会社からお戻りになる旦那《だんな》様を迎えるため、メイドやボーイが動き始めるはずだ。

残された時間はあと二日。考えなければならないことも、やるべきことも、山ほどある。まずは、——お嬢様の食器を下げるところからだ。


イーディスは日が沈んでから再び令嬢の部屋を訪れた。まだ食器は外に出されていなかった。意を決して、ノックを三回する。「なあに」と令嬢が返事をした。

「イーディスです。お皿を下げに参りました。もしよろしければ」

「気が利くのね」

グレイスフィールはひょっこりとドアの隙間から顔を出した。やはり彼女の頬はインクで汚れている。イーディスは差し出された盆を受け取って、すぐに下がろうとした。しかし、令嬢の細い指は、イーディスの服の裾《すそ》を掴《つか》んだ。

「──ねえ。キリエは、何か言っていて？」

「いいえ。すぐに仕事に復帰しておりましたよ」

「よかった。わたくし、キリエにあまりにもひどいことをしたから。あのひとは、わたくしの二人目の母なのよ。メイドたちには厳しいけれど……」

聞いたことがある。メイド長はかつてヴィンセントとグレイスフィールの二人を育てる乳母《うば》だったと。多忙なご夫妻に代わって、二人に愛情を注いでいたと。

「十年前の事故のことは、あなたも知っているわよね」

「ええ、聞き及んでおります。……汽車の事故でございますね」

グレイスフィールは頷《うなず》いた。「汽車が脱線して、乗客は全員、助からなかった。その中に、わたくしの父様と母様がいたの。わたくしは六歳で、お兄様は十五歳だった」

イーディスは息を詰めてそれを聞いた。令嬢はどこか、他人事《ひとごと》のようにそれを語る。

「わたくしは六歳で両親を失った。お兄様はすぐに会社を継ぐことになった。……わたくしたちを支えてくれたのは、キリエだった。親を亡くして泣いているわたくしたちを、力強く抱きしめて、」

グレイスフィールの青い瞳が揺れる。

「あなたがたは私が守ります、人生を賭《と》して守ります、と言ったそうよ。わたくし、記憶がないのだけど、お兄様は覚えていらして、ことあるごとにわたくしに言うわ。キリエには頭が上がらないと。キリエだけは、オルタンツィア家で最後まで面倒を見ようと」

　メイド長がそんなことを。

「だから、わたくしもお兄様も、……キリエのことだけは大事にしなければならなかったのに。わたくし、あんなことを……」

「伝わっております」イーディスは思わず口を挟んだ。「メイド長にもお嬢様の御心は伝わっております」

「そうだと、いいけど」

　令嬢はため息をついた。この方のため息を聞くのは何度目だろう、と考えながら、イーディスは一礼した。扉が静かに閉まる音が聞こえた。

　やはり、お嬢様に悪魔が憑いているとは思えなかった。

8

　ヴィンセント・オルタンツィアの耳元で囁《ささや》く声がある。

　――所詮《しょせん》親の代の成金。

　誰が言ったか、それは自分自身の言葉でもあったかもしれないのだが――弱冠十五歳で、右も左もわからぬまま継いだ会社は、いまゆっくりと傾き始めていた。先代の築いた盤石な経営体制は、今の時世では立ち行かなくなっている。安価で質のいい紙が競合企業から出回り始め、オルタンツィア製紙の需要は低くなるばかり。

屋敷のこともそうだ。親の残した広大な屋敷を維持するための使用人の確保も難しくなってきた。これ以上使用人の数は減らせない。しかし……、

——所詮親の代の成金……。

ヴィンセントは頭を抱えた。そんなそぶりを他人に見せることはないけれども、彼は迷っていた。

「グレイスフィールが、一人前の淑女《レディ》にさえなってくれれば」

淑女になるとは、すなわち婚姻の準備ができたということを意味する。社交界デビュー《デビュタント》は、将来の伴侶《はんりょ》を探す場所でもあるのだ。妹が有力な家に嫁入りしてくれさえすれば。そうすればこの局面もどうにかなるはずなのに……。

「グレイスフィール、どうして」

「旦那様」

苦々しい表情のまま、見ると、ドアの前に鍵《かぎ》持ちの執事トーマスが石の彫像のように立っていた。

「本日のご予定の確認に参りました。よろしいでしょうか」

「ああ、分かった。今日の予定は？」

——ハウスメイドの朝は早い。

メイドたちが集った広間で、メイド長は今日の旦那様の予定を読み上げていく。

「旦那様は本日、一時間早く、六時に出社なさり、午前の間に戻られます。正午から二階の窓ガラスの件で、貴賓室でモンテナの業者との打ち合わせ、そして価格交渉が入る予定です。この時の給仕は私、それからメアリー。ジェーン、エミリー」

「はい！」

呼ばれたメイドたちが声を揃《そろ》えた。面々を見て、アニーが小さく舌打ちをした。

「いつもの顔ぶれね。ちッ」

「以上四名で務めます。他は普段通り、夜の七時にご夕食の予定です」

つまり、今日はヴィンセント様がオルタンツィア家にいらっしゃるということだ。気を引き締めておかないと、何か粗相をしてしまいそうだ、とイーディスは思った。

「そしてお嬢様はいつもの通りお過ごしになられます。お嬢様の御付きを、イーディス」

「……へ」

びっくりした。まさか、「金皿十枚のイーディス」が、この場で呼ばれるとは思っていなかった。今までこの朝のミーティングで、一度も名前など挙がったことがなかったのに。

「イーディス」

メイド長はイーディスをじっと見た。ようやく、呼ばれているという実感が湧く。

「昨日より三日間の期間に限り、です。粗相のないよう、勤めなさい」

「はい！」

「では、本日の担当の発表を。アニー、シエラ、……」

ミーティングは続いていく。厨房《ちゅうぼう》担当、屋敷の清掃、庭の手入れ、備品の管理……これらの担当振り分けは、メイド長に一任されていた。屋敷の持ち物は全て、メイド長の管理下にある。屋敷における権力は、「鍵持ちの執事《バトラー》」と「メイド長《ハウスキーパー》」に二分されていた。この二人が実質の支配者なのである。

「ミーティングは以上です。皆、今日もよく勤めなさい」

「はい」

お嬢様を起こすまでにまだ時間はある。今のうちに身なりを整えておこう。そう思ってイーディスは一度、私室に戻った。小さな鏡に全身を映す。長いスカートは足首丈のマキシマム。それに合わせた白いエプロン。髪を纏《まと》めるための帽子。イーディスの「装備」はたったそれだけだ。

メイドになって早々作ってしまった借金——金皿十枚分の弁償のため給金はぎりぎりまで天引きされている。もちろん真っ当な貯金がないから、他のメイドのようにリボンやカチューシャを買うお金がない。……本当は勉強のために、鉛筆やノートが欲しかったけれど、それも買えないままだ。でも、これくらいが自分に合っているとイーディスは思う。

「よし」

鏡の中の自分は準備万端。

今日は二日目。与えられた三日間のうち、二日目だ。

お嬢様が起きる前に何をしておこうか？　とイーディスが考え始めた頃、階段上《アップステア》からお嬢様の叫び声が聞こえてきた。

イーディスはすぐさま階段上へすっ飛んでいく。起きるには早い。何があった？　できうる限りの全速力で廊下に差し掛かると、ドアの前に旦那様……ヴィンセントが立ち、力ずくで妹の部屋のドアを押し開けようとしていた。

――なにこの状況⁉　どういうこと⁉

イーディスはすぐさま駆け寄った。

「ヴィンセント様⁉」

「グレイス。開けるんだ。私の顔を見てもう一度言ってご覧」

「いや！　開けない。開けないったら！」

「ヴィンセント様、おやめください！　ヴィンセント様！」

イーディスはヴィンセントの腕に取り付いた。力なら負けない。何せ、やってきたのは力仕事ばかりだ。

「何をするんだ。放せ。メイドの分際でッ！」

乱暴に振り払う腕をかいくぐり、主人の腰にしがみつきながら、イーディスは首を激しく振った。

「いけません。個人のお部屋を、許しなしに開けるのは、いけません！」

「屋敷の主人でもか」ヴィンセントは怒気も露わにイーディスを睨《にら》みつけた。美しい瞳《ひとみ》に宿る怒りはひどく鋭い。「私がグレイスフィールの兄でもか」

「ええ、そうです！　たとえ実の兄君《あにぎみ》でもです！」

「お前たちはいつもグレイスの部屋に入っているじゃないか！」

「わたくしは、入っておりません！　断じて！」

イーディスの思いがけず激しい声に、ヴィンセントはドアを押す力を緩めた。勢い余って、イーディスは尻餅《しりもち》をついた。

「いたっ」

「お兄様。……ごめんなさい。ご期待には添えない、わ」

「……グレイスフィール。グレイス。聞き分けてくれ。会社のために、お前の社交界デビューが必要なんだ。必須《ひっす》なんだ。夜会に出ると言ってくれ」

「ごめんなさい……」

「グレイス。お願いだ。もう、父様も母様もいない。私には、いや僕には……後ろ盾がないんだ」

イーディスは立ち上がるタイミングを逃して、呆然《ぼうぜん》と座り込んでいた。話は、イーディスのはるか上を行き来していた。

後ろ盾がない。何の？　ヴィンセントの？　それとも——オルタンツィア製紙会社の後ろ盾が？

「お前の、嫁入りだけが、今の僕と会社の希望なんだ……」

「ごめんなさい、ごめんなさい、お兄様、ごめんなさい」

グレイスフィールは扉の向こうで泣きじゃくっていた。あまりにも重たい話だった。

「……」

ヴィンセントは何も言わず、座り込むイーディスを一瞥《いちべつ》もしないまま部屋の前をあとにした。中から聞こえてくる啜《すす》り泣《な》きだけが、響いていた。

「お嬢様。聞こえていますか。イーディスです」

「うう、うう、イーディス。ありがと、」

「何か、温かいお飲み物をお持ちします。何にいたしますか」

イーディスは部屋へ這《は》い寄《よ》って、その扉に額をつけて耳をすました。

「紅茶。香りのいいものがいい。ミルクはいや……」

「かしこまりました。厨房に伝えてまいりますね」

お嬢様は傷ついていらっしゃる。早く紅茶をお持ちしないと。


ヴィンセントと揉《も》み合《あ》いの格闘をしたせいで、ぼろぼろになったイーディスが、メイドたちの視線を痛いほど浴びたのは言うまでもなかった。しかし、そんなことを気にしている場合ではない。

厨房を訪れると、奥の方からデアンが顔を出した。

「ものすごい衣服の乱れようだけど、どうしたんです、イーディスさん。なんか……クマにでも襲われました？」

ズレた帽子を直してから、イーディスはできるだけ平静に伝えた。

「ええと。お嬢様が香りのいい紅茶をご所望なの。すぐに用意できる？」

デアンはしばらく黙って、イーディスの頭のてっぺんからつま先まで観察していたが――最後には頷いた。物分かりが良くて助かる。

「了解。何がいいかな」

「あなたの方が詳しいはず。お任せするわ」

しばらくして、花柄のティーポットとカップが届けられた。デアンはポットの蓋《ふた》を開け、その匂いをイーディスに嗅《か》がせた。

「柑橘《かんきつ》系?」

「ベルガモットの香りの紅茶です。アールグレイっていいます」

この世界にも……というツッコミはもはやイーディスも飽きてきたところだ。

「ありがとう。助かるわ、デアン」


紅茶のセットを持って階段上《アップステア》へ上がり、お嬢様の部屋をノックする。

「お持ちしました」

「ありがとう」洟《はな》をすすり、泣き疲れたような声がそう言った。

「一杯、ちょうだい」

ドアの隙間から、インクまみれの手が伸べられた。イーディスは紅茶を注いで、その手にカップを手渡す。

「お砂糖はいかがなさいますか」

「いらないわ」

令嬢は二口目を口に含む。香りを楽しむように息を吐き、それから努めて明るい声を出した。

「……聞かれちゃったわね……私の悩みの一つ」

「ええ……」

オルタンツィア製紙会社の後ろ盾のこと。グレイスフィールの社交界デビュー《デビュタント》。そしてその先の、婚姻の話。――大変な話だ。

「本当は、分かっているの。分かっていた、という方が正しいかしら」

イーディスは口を挟まず、グレイスフィールの言葉に耳を傾ける。

「お父様とお母様が亡くなったから……お兄様は十五で会社を継がねばならなくなって。さまざまな苦労を重ねて、会社をあそこまで成長させた。……もう、十年よ。わたくしは十年も、お兄様を一人で戦わせてしまっているの」

イーディスは先ほどのヴィンセントの言葉を思い出した。

『お前の嫁入りだけが僕と会社の希望なんだ』

「お兄様は、早くから大人にならねばならなかった。だからわたくしも、いつかは大人にならねばならない。社交界デビューをして、一人前のレディとして、名前を売り込んでいかなければならない。婚姻を結んで会社のために尽くさねばならない。そう思ってたわ」

「思っていた？」

それを聞いた令嬢は、おもむろにイーディスの手首を掴《つか》んで、部屋へ引き入れた。

「わ、わ、わ⁉」

紅茶のポットを倒さぬようになんとか耐えて、それから令嬢の部屋に入ってしまったことに驚く。

イーディスは目の前の光景を見て絶句した。

「こ、これは……」

端的に、汚部屋《おべや》だ。ぐしゃぐしゃに丸まった紙屑《かみくず》がそこらじゅうに落ちている。脱ぎ捨てられたらしい寝巻や部屋着の山。何より全体的に埃《ほこり》っぽい。

――一体全体どういうことなの⁉　この数日でこのありさまなの⁉

暗い室内に灯されるあかりは、デスク上の白熱電球だけ。デスクはインクまみれで――まるで。

まるで、一昔前《ちょっとまえ》の原稿執筆中の漫画家か、小説家か……。

「流星の子《あのこ》……マリーナのほかにも……」

そしてグレイスフィールは紙の束をあさっていた。全てに流麗な絵が描かれ、ありとあらゆる角度から手を模写したもの、男性や女性の裸体、さまざまなポーズの少女など、大量のスケッチが床の上にばらまかれる。

「……でも、私のネームにはあなた《イーディス》は居なかった……なぜ？」

「あの、お嬢様？」

「ハンバーガーとフライドポテト」令嬢は部屋中をひっくり返しながら、はっきりと言った。

「あなたが作ると言ってくれた、ハンバーガーとフライドポテト。あれは、この世界にはない食べ物なの。異世界の食べ物なのよ」

やはりか。イーディスが確信する横で、グレイスフィールは、ベッドの隙間から埃まみれの布切れを取り出した。

「あった！　これはあなたのものね」

「ああ、私のストー……ル」

埃まみれの布切れをつまんで、イーディスは強張《こわば》った笑みを浮かべる。グレイスフィールは申し訳なさそうに指を弄ると、上目遣いに言った。

「新しいものを買いに行きましょう。あんまり古いし、その……埃まみれにしてしまったし」

「いいんですか？」

「いいのよ、このくらい。明日、新しいものを見繕ってあげるわ」

グレイスフィールの目はあちこち泳いでいたが、彼女は不意に、イーディスと目を合わせた。

「私、この世界に生まれてくる前は――異なる世界の、売れない漫画家だったみたいなの。……漫画家。あなたならわかるでしょう？　ハンバーガーとフライドポテトがわかったあなたなら」

イーディスははっとした。漫画家！「みたいだ」と思ったのは間違っていなかったのだ！

「わかります、……わかりますわ、お嬢様。漫画家のことも漫画のことも、知ってます！　……私もです！　異なる、世界から来たみたいです」

「やっぱり。……仲間ね」

グレイスフィールは紅茶のカップをデスクに置くと、イーディスにも盆を下ろすように促した。

そして、イーディスに紙の束を差し出す。

「原稿用紙にするには質の悪い紙だけど、今のオルタンツィア製の用紙の中では一番高級なものなの。お兄様にわがままを言って、何枚かもらったものなのだけど……」

言い訳するように彼女は言った。

「どうしても、ところどころ、にじんでしまうのよ。インクが」

グレイスフィールの言う通り、紙の上の絵はところどころ、細かな箇所がにじんでしまっていた。

けれどもイーディスは、その絵に見惚《みと》れた。

「漫画だ……漫画だ！　すごいすごい！」

グレイスフィールは照れ臭そうに頬を掻《か》いた。

「それはボーイズラブよ。苦手？」

「だいっ好きです！」

グレイスフィールはホッとしたように笑った。「仲間ね」

「読んでもいいですか？　久しぶりの漫画だ……！」

ワクワクするイーディスをよそに、グレイスフィールは、ため息をついて続けた。

「……ねえ、イーディス、すごく、すっっごく馬鹿なことを言うけど、信じてくれる？」

「はい？」

グレイスフィールはイーディスの目を見た。

「この異世界は、私が死の間際まで切っていたネーム《筋書き》の通りになっているの」

「は……え？　ええっ!!」

「この世界の原作者は、私……なのよ」

イーディスの中の「私」がぐるぐると頭を回転させた。知っている。こういう物語を知っている。

そう、そうだ。……そうだった。物語の中に転生してしまう。たとえば、やり込んでいた乙女《おとめ》ゲームとか、大好きな少女小説とか。その中で、前世の記憶や特別な知識を持った主人公は、なんとか運命を切り開いていく。転生ものの一つのテンプレートと言って良い。イーディスの前世も、そんな創作物を楽しく読む側だった。それが……まさか！

――なんだろう、「転生したら駄目《ポンコツ》メイドでした」みたいな……？

そして、だ。ずっと「私」が気になっていた「アレがあってコレがない現象」にも説明がつく。ジャガ芋があって、歌舞伎があって、中国知識があって、キリスト教らしいものもあって……そんなアンバランスな世界の説明が、ついてしまう。そう、この世界は世界観こそ産業革命のイギリス風でいて、細部はとても日本っぽいのだ。そしてそれなのにハンバーガーとフライドポテトがない。変な話、そこだけぽっかりと浮いている。

「ひょっとして、ハンバーガーとフライドポテトがないのは、産業革命期のイギリスっぽくないからですか」

「そうよ」

つまるところ、ハンバーガーがないのは作者の意図だ。だけど他は――歌舞伎、キリスト教、中国伝来の知識、エトセトラ、エトセトラ。これは、無意識だったのだろう。無意識に、日本の習俗をとりこんでしまったのだ。だから、「アレがあってコレがない」……。

「な、るほどですね……？」

イーディス……というよりも「私」は、ようやく声を絞り出した。「なるほど」

では、イーディス、および作者グレイスフィールが転生したことにより、おそらく、「何らかを切り開かなければならなくなる」はずだ。異世界転生もののテンプレではそうなっている。

——でも、これが異世界転生ものの漫画かどうかはわからないし。

イーディスが心を落ち着けている横で、グレイスが口を開いた。

「そして、そしてね……この漫画《せかい》、『ヒロイン』のハーレムものであって」

「アッ」

イーディスは誰が何を切り開くか、なんとなく察してしまった。

「わたくしが社交界デビューすると同時に、お兄様《ヴィンセント》は運命の『ヒロイン』と出会うの。名前はマリーナ。本当は転生してきた日本の女子高校生で、本名を細波星奈《さざなみせいな》というの。海辺の街に生まれたから、アーガスティンは故郷を思わせる懐かしい風景で」

「ああ……」

——他にヒロインがいる。ということはつまり、お嬢様は……。

「ヴィンセントはマリーナに一目惚《ひとめぼ》れ。すぐに恋愛が始まるわ。そこに現れるブラコンの妹、グレイスフィール」

——ああああやっぱりぃ！

「あ、あくやくれいじょう……」

「グレイスフィールはありとあらゆる手を使ってマリーナをいじめ倒すのだけれど、それがヴィンセントの怒りを買って、家を追い出されてしまうの。……まあ、他にもマリーナを愛した男性たちがいて、マリーナはありとあらゆる美男に溺愛《できあい》されながら最終的にヴィンセントと結婚」

イーディスはもはや頭を抱えてしまっていた。悪役令嬢ざまぁ追放劇として、役満だ。

「という筋書きを書いている途中で火災に遭ったわ。それで、今よ」

――火災。イーディスの頭がつきんと痛んだ。火災。火災か。さぞ、苦しかったろうに。

「……だからお嬢様は、デビュタントに出たくないのですね」

グレイスフィールは頷《うなず》いた。

「わかってもらえてよかった。お兄様の目的はわたくしの社交界デビューですから、わたくしが断固拒否すれば、マリーナとお兄様が邂逅《かいこう》するのを防ぐことができると思っているわ」

「なるほど……」

「自分で設定しておいてなんだけど。お兄様の妹としてのわたくしから見たマリーナは性悪だし、お兄様には見る目がないし。……でも私は、そんなお兄様が大好きなの」

グレイスフィールは寂しそうに言った。

「妹としてのわたくしも、やっぱりお兄様のことが大好きなの。たった一人の家族だもの。力になって差し上げたいし、痛みは分け合いたいと思ってる。でも」

「マリーナとは会わせたくない？」

「そう、そうなのよ、あんな女と会わせるくらいなら。筋書き通り憎まれるくらいなら、筋書きに背いて憎まれる方がマシ。お兄様が、マリーナみたいな女に取られてしまうくらいなら……」

イーディスは何も言えずに、手元の紙を握りしめた。令嬢は手ずから紅茶をカップへ注ぎ入れて、一口飲んだ。

「イーディス。これがわたくしの背負っている『悪魔』よ。あなたにこれが祓《はら》える？」

第二章

1

——兄君《あにぎみ》を愛しているグレイスフィールお嬢様は、兄君をヒロインに取られたくない……。

イーディスは静かに頭を回転させながら、令嬢の作業風景を見守っていた。

グレイスフィールお嬢様の絵の技術は素人《しろうと》目から見ても明らかに卓越していた。リアルタッチの絵から、可愛《かわい》らしいデフォルメのキャラクターまでなんでも描きこなす。その上、その場にないものを記憶から描きだすのが本当に上手《じょうず》だ。

「日本食が恋しい」

そう言いながらグレイスははたと顔をあげた。「イーディス。好きな日本食は?」

「うーん、やっぱりお寿司ですかねえ」

イーディスは——「私」は正直に告げた。

「中トロと、……あさりのお味噌汁《みそしる》が食べたいです。回るお寿司の」

「回る寿司派ね?　私もよ」

グレイスフィールはさらさらと輪郭をとっていく。皿の上の寿司。中トロを意識したのか、照りがすごい。見ているだけでお腹《なか》が空《す》いてきた。

「ええと。『寿司』、と」

「漢字なんか久しぶりに見ました。懐かしい……」

「そうよね。お寿司があったのもずいぶん前のことだものね。ちなみにレスティア語ではこう書くの。ス・シ、と」

お嬢様は達筆な『寿司』の上に何事か書いた。イーディスにもかろうじて読めた。

「スは分かります！　名前に入ってますから」「シもできれば分かってほしいわ」

イーディスは思い切って尋ねた。「私、レスティア語はてんで駄目なのです。お勉強のためにこれをもらってもいいですか？」

「いいわよ。寿司だけと言わず、なんでも言ってちょうだい」

「じゃあ……」

少女二人、にぎやかに騒ぎながら、午後は過ぎていく。イーディスは時計を見てはっとした。

「しまった。そろそろガラス修繕業者の方がいらっしゃるんでした。急がないと」

イーディスはもらった紙を綺麗《きれい》に折りたたみ、それをエプロンのポケットに仕舞い込んだ。そして性急に令嬢の汚部屋を出る。

「何かありましたら申しつけてください。そのあたりに控えておりますから」

「ありがとう」

グレイスフィールはひらひらと手を振った。

とは、言ったものの、だ。

——どうしよう。

おそらく、旦那様《だんな》の「お嬢様をまともに」という条件には「夜会に出てくれるお嬢様」も入ってくることだろう。それが達成できなければイーディスは明後日からよくて物乞《ものご》いだ。

でも、グレイスフィールは、ご自身の社交界デビューによってヴィンセントと「マリーナ《ヒロイン》」が出会うのを恐れている。なによりも、お嬢様自身が、「出たくない」と仰《おっしゃ》っているのだ。平行線にも程がある。

——どっちの意見も通すのは無理だわ……私が物乞いになるか、お嬢様が悪役令嬢ルートに入ってしまうか……。でもどっちも避けたい……。

その時だ。

『窓、ガラスの、シューゼンですが』

そこへ渦中のヴィンセントが、美しい男性と連れ立って歩いてきた。

イーディスは慌てて距離を取る。このよれよれの姿を旦那様とそのお客人に見せるわけにはいかない。二人は令嬢の部屋の前あたりで立ち止まり、話を始めた。

『こちら、デス』ヴィンセントが片言《カタコト》で破れた窓を指差す。……なぜ片言なんだろう。

『おお、これは確かに真ん中ですね』

滑らかに美青年が言った。黒い髪に黒い瞳《ひとみ》。日本か中国か、東アジア系の顔立ちだ。俳優みたいだ、とイーディスは思った。

ヴィンセントは数拍遅れて、うんうん大げさに頷いた。『妹ガ、開けたあな、デス』

『窓の寸法を測ります。……ちょっと離れていてください』

ヴィンセントが首を傾《かし》げた。……ひょっとして、伝わっていないのだろうか？

そこでイーディスはハッとした。

これ、英語では？

『……寸法を、測ります。なので、離れてください』

面倒臭そうな雰囲気をにじませながら、美青年はゆっくりとヴィンセントに告げた。

ヴィンセントはニコニコしながら離れた。美青年は、苛《いら》ついた様子を隠しもしないで、懐からメジャーを取り出し、さっさと寸法を測る。

『なるほど』

『どう、デスカ』

『わざわざ我《おれ》を呼び寄せておいてガラス窓の修繕一枚とは、笑わせるなよ、紙狂《フリーク》いの狐《きつね》』

ヴィンセントはまた首を傾げている。性悪美形男はにこにこと笑みを絶やさないが……。

――あー⁉　あー⁉　言ったな⁉　今、言ったな⁉

イーディスはせっかく隠れていたのに、それを聞いたらたまらなくなって、飛び出してしまった。

『まあ！　修繕業者の方ですかぁー！』

　男はギョッとしたようにイーディスを見下ろした。よれよれのメイド服の女が踊るように飛び出してきたら誰だってこんな反応をするかもしれない。

『アーガスティンの海岸沿いは海風が厳しいので、窓の穴にはほとほと困り果てておりましたの、大変助かります。屋敷の者どもも皆、あなた方に感謝しておりますわ。ところで』

　イーディスは挑戦的に彼を見上げた。

『通訳が必要でしたらお申し付けくださいっ？』

　黒髪の男は、誰もを魅了しそうな笑顔を浮かべて、挨拶《あいさつ》でもする様にイーディスを見下ろした。

『……うるせえ、ブス』

　――はぁー!?

「おい、御客人になんて真似《まね》をするんだ」

　ヴィンセントが「またお前か」と言わんばかりに眉間《みけん》にしわを寄せたので、イーディスは努めてしおらしく答えた。

「ご挨拶の言葉を知っていたので、つい」

　言い訳をしつつ、黒髪男をチラリと見遣る。それ以上、突っ込んでくる気はないらしい。イーディスはさっとエプロンドレスを翻して、逃げるように廊下を走り去った。その時、お嬢様からもらった寿司の落書きの紙を落としてしまったが、イーディスは気づかなかった。

階段を駆け下りて一階へ。ちょうど厨房《ちゅうぼう》から顔を覗《のぞ》かせたデアンが、「何してるんですか」と言ったところで、イーディスは早口で助けを求めた。

「ちょっとだけ匿《かくま》って、デアン！」


デアンはあのうさん臭い笑みを浮かべ、しゃがみ込んで丸くなるイーディスを見下ろした。

「それで、逃げてきた、と」

「戦略的撤退よ」

「御客人に喧嘩《けんか》を売るなんて、ますますらしくないですね。お嬢様もお嬢様ですけど、イーディスさんもイーディスさんですよ。いったいぜんたいどうしちゃったんですか？」

確かにデアンの言葉にも一理ある。イーディスは少し、いや、かなり変わった。

「どうもこうも」とイーディスは答えた。「いろーんなことがあるのよ、人生には、いろんなことが……」

「お嬢様の様子はどうですか」

デアンが隣にしゃがんだ。イーディスは、特大のため息をついた。

「どうもこうも……」

「いろんなことが？」「そうよ」

社交界デビューをめぐる兄妹のあれこれを、今のイーディスに何とか出来《でき》ようはずもない。しかもそれは、イーディスがああだこうだと頭を悩ませたり走り回ったりしたところでどうなるとも思えない。乙女《おとめ》ゲームで言えば攻略ルートの外に出られないのと同じだし、もっと大きく物語で言えば、物語の脇道にうまいこと逸《そ》れることができないのと同じだ。悪役は悪役のままで、ヒロインはヒロインのまま。それを覆すには……。

「もう、わけわかんないわよ！　もう！」

「お悩みですねえ」デアンが頬杖《ほおづえ》をつく。イーディスはそのそばかすだらけの頬を見た。

「デアンは運命って信じる？」

「あれ。ひょっとして僕口説かれてますか？」

「……聞いた私がばかだったわ。反省してる」

「冗談です」

つくづく冗談が冗談に聞こえない男だ。デアンはちらりとこちらを見て、それから唇を尖《とが》らせた。

「僕は基本的に神話を信じないたちなんですけど、たまに聞いてみたくなりますね。どこかにおわす運命の女神さまってやつに」

「運命の女神、さま？」

「そうです。……ほら、このあたりだと星辰《アストラ》の女神さまがよく信仰されているじゃないですか。彼女が力を与えた動物や英雄の星の並びは、彼女が寝ずに編んだものだとされていますし、星の降る夜は女神のお告げがあるとされています。だから天文台もこぞって神託を読みたがるし、出したがる。人は流星を待ち望むし、流星に向かって祈りを捧《ささ》げます」

イーディスの脳裏に、養母《ママン》の言葉が蘇《よみがえ》ってくる。流星の降る夜は特別なのだと。その日に生まれた子は、特別なのだと――。

「知らなかった」

「意外ですね。こういうの、女の子の方が詳しいと思ってました」

「信仰に男も女も関係ない」イーディスは膝《ひざ》を抱える。「私がただ、ばかで無知なだけよ」

グレイスフィールはこの世界の信仰についてここまで作り込んでいたのか。その割に、いろいろなところが雑だけれど。イーディスはまたため息をついた。

「私は、知らないことだらけ……」

「まあ……そうですねえ」デアンは何かを探すようにぐるりと厨房を見回した。彼の庭である鉄製の厨房、その奥行きを確かめるように。

「どうして僕は男に生まれてきたんでしょうか、とか」

「え？」

「なぜ僕は、貧乏な家の末の子として産まれてきたんでしょうか、とか。……聞いてみたいですね。星辰の女神さまが本当にいらっしゃるのなら」

「――神のみぞ知る」

イーディスの静かな呟《つぶや》きに、デアンが目をまるくした。「なに？　カニノミソシル？」

「神様だけが知ってるってことよ。……私の故郷のたとえよ」

デアンはしばらくその言葉をかみ砕くように黙り込んでいた。イーディスは沈黙の中で、途方もない「シナリオの上」の自分を思った。自分に何ができるだろう？

「あ、時間だ。料理長が来ますよ」

デアンが脱いでいたコック帽を被《かぶ》りなおし、勢いよく立ち上がる。

「イーディスさんはお嬢様を放っておいていいんですか？」

「あっ。ありがとう、デアン。私行かなくちゃ」

よくない。イーディスは急いで厨房を出て階段を駆け上がった。危なく本来の仕事を放り出すところだった。お嬢様の部屋をノックする。

「イーディス？」

「はい、イーディスです。夕飯のご要望を受け付けに……」

「……その、廊下に……オルゴール、なかった？」

思いがけない言葉に、イーディスはオウムのように問い返した。

「えっ。オルゴール？　オルゴールって？」

「ええ、四角い木の箱なんだけど」

イーディスはすかさず過去を遡《さかのぼ》って記憶の中を漁《あさ》った。……見ていない。破れたクッションと、ペンと、壊れた目覚まし時計だけ――そういえば、クレセント社製の目覚まし時計はイーディスの部屋に置きっぱなしだ。返すタイミングを完全に逃してしまった。……いや、そんなことはどうでもいい。問題はオルゴールだ。

「お部屋の中にはないのですよね」

「ええ……」

イーディスは破れた窓ガラスの向こうを見て――はたと思い当たった。この穴を開けたのは？

「――探して参ります。見つけ次第、お持ちしますので」

イーディスは返事も待たず、追い縋《すが》ってくる疲れを振り切って、庭へと走った。

わかっている。頭がいっぱいの時は、体を動かすしかない。何ができるか、なんて考えている暇があったら、目の前の人のことを考えた方がいい。

イーディスは疲れと思考を振り切る勢いで走る。走る、走る。庭に走り出て、破れた窓ガラスの位置を確認しながら、あたりを見渡す。

お嬢様のオルゴールは木の箱。探し物についてはその情報しかない。イーディスはそれらしいものを探し回った。庭といったってそんなに広くない。まさか敷地外に飛んでいってしまったんだろうか？　方向的にはこちらで合っているはずだが……。

植え込みの陰。木のうろ。花壇の中……。エトセトラ、エトセトラ。ひょっとしてと思ってゴミ箱まで漁った。けれど、ない。

「どこ……」

「イーディス、何をしてるの？」

洗濯をしていたアニーとシエラが、桶《おけ》を抱えてこちらへ向かってくる。

「ア、アニー、シエラ。助けて、手伝って！」

「何事⁉」

「お嬢様のオルゴールが見当たらないの。あの窓ガラスをぶち破ったオルゴールよ」

説明しながらもきょろきょろと動き回るイーディスの瞳を、アニーは見つめていた。そして、洗い桶をドスンと地面に置くと、同じように視線を足下に向けた。

「シエラ！　先に行っててていいわよ」

「えっ、でも、……もう、ごはんだよ、アニー……」

「じゃあ先に行って。――それとも手伝う？　お嬢様のオルゴール探し」

「………あー、あー、うーっ」

彼女は唸《うな》りに唸り、迷いに迷ってから、アニーにならって桶を放り出した。

「やる！　やるよ！　わたしもこの家のハウスメイドだもの！」

「いいわその意気よ！　ところでオルゴールってどんな形なの、イーディス！」

アニーが叫ぶ。イーディスも遠くから叫び返す。

「木の箱！　木製オルゴール！」

「それだけじゃわからない！　もっと、飾りとか、特徴とかないの⁉」

「それっぽいものよ！」

「何よそれ！」

――オルゴールを探しに庭を疾走するイーディスの姿を、破れた窓ガラス越しに見下ろす二つの影がある。長身は夕日を浴びて長い影を廊下に落としている。

『あの娘だな』

黒髪の男は窓越しに三人のメイドを、正しくは、二人を率いて庭を捜索しているイーディスを、じっと見つめていた。その隣でヴィンセントが、彼の美しい横顔をうかがい見た。カタコトのモンテナ語で問う。

『なにカ？』

男は深々とため息をついた。そして、ヴィンセントの青い瞳《ひとみ》をじっと見る。

「オルタンツィア殿。あの女給、使い方、間違っている」

飛び出した確かなレスティア語の流麗な発音に、ヴィンセントは驚いた。不完全ではあるが、意思疎通に問題はない。ヴィンセントは男に甘えて、レスティア語で応じる。

「その……間違っているとは？」

「あの女給、女給違う。もっと、良い、シゴトさせる」

ヴィンセントには全く訳がわからない。言われていることは「理解」できるが、意味がわからなかった。

「……先ほどから、誰のことを言っているんです、ツェツァン殿」

ツェツァンと呼ばれた黒髪の男は、腰元から煙管《きせる》を取り出した。慣れた様子でガラス窓に手をかけ、火を点《つ》ける。

煙が流れていく。

「……さっきの、女給。モンテナ語、話した。あれ、誰だ」

ヴィンセントは深々と考え込んだ。彼の中に、彼女の名前は存在しない。彼の中にあるのは、アーガスティンの同業者たちの名。モンテナのあらゆる最先端をゆく企業の名や、その社長の名。そして目の前にいる、ユーリ・ツェツァンの名しかない。いちハウスメイドのことなど気にかけていられなかった。

「名前までは把握していません。でも、ここ最近自己主張が激しくて、目に余る娘です。私と妹の間のことにまで口を挟み……」

ヴィンセントにしてみれば、考えるほどに忌々しい女だ。

グレイスと自分の間に隠し事などないはずだった、たった二人の家族として生きていくと決めた十年前からずっと、それは変わらないはずだったのだ。

なのに、あのメイドは身分も意に介さず、文字通り割り込んでくる。グレイスと話ができなくなったのは、あのメイドのせいではないだろうか……？　あんな提案を呑《の》むべきではなかった。三日も猶予を与えるまでもなく、即座に首を切ればよかったのだ。そうすれば人件費が浮いたのに。

今朝方のあのメイドの振る舞いを思い出して、ヴィンセントは低い声でツェツァンに告げた。

「……あまりにわきまえていないので、暇を出そうかと思ったところで、」

ヴィンセントはそこまで言ってから、話を切った。

「失礼しました。愚痴を聞かせてしまって。忘れてください」

ツェツァンは気にした風もなく、煙管から口を離した。そして、ふうと息を吐く。

「じゃあ、いらないか？」

「え？」

ヴィンセントが戸惑っていると、ツェツァンはポケットの中に手を突っ込み、その中のものを確認するように握り——さらに踏み込んできた。

「あの、女給、いらないか？　いらないなら、ワタシの会社にほしい」


「ないぃ……」

イーディスは庭に膝をついてがっくりと項垂《うなだ》れた。木製のオルゴールはどこにも見当たらない。

「らしきもの」すらない。

「オルゴールなんてないのよ、なかったのよ」とアニーがくたびれ果てて言った。「もう日が暮れてるわ。ご飯に間に合わなくなる。もうやめましょう。明日また時間を作って探すべきだと思う」

「ごはんが食べられないのはやだよぅ」シエラも音をあげた。「お腹《なか》がすくもの……」

「でも、窓ガラスに穴を開けたのはオルゴールだと思うのよ」

イーディスは執念深くあたりを見回した。

「絶対に、オルゴールだわ……」

「ひょっとして、庭師の爺《じい》ちゃんが拾ったとかじゃないかなぁ？」

シエラが言った。「なんでも拾うもの、あの爺ちゃん。私が落とした髪飾りまで拾ってた」

……確かに。この家にはお抱えの庭師がいて、すぐ近くに住んでいるのだが、なんといっても手癖が悪いのだ。シエラの髪飾りをはじめ、誰かが落としたペン、ハンカチ。何でもかんでも拾っていく。流石《さすが》にものであれば持ち主へ返すこともあるけれども、お金を落としてしまったら二度と戻ってこないと思っていい。――まあ、私物も小遣いもないイーディスには全く無関係な話題なので、すっかり思考の外だったのだが。

「木の箱でも……拾ってるかもしれないわね」

イーディスは立ち上がった。シエラが呆《あき》れたように言う。

「って、まだ爺ちゃんに話を聞いてなかったの、イーディス。もうとっくに聞いたんだと思ってた」

「頭がいっぱいで忘れてたのよ！　アニー、シエラ、付き合ってくれてありがとう」

「ちょっとイーディス、まだ探す気⁉」アニーが叫んだ。

「爺のところに行くだけよ。すぐ戻るわ」

言い残してイーディスは走り出した。置き去りにされた二人は、顔を見合わせて、首を傾《かし》げた。

「イーディス、昔からああだったっけ？　なんだか、最近変だよ」

シエラが言う。アニーは、夜の闇に消えていくイーディスの後ろ姿を見送ってから、洗い桶を拾った。

「いいえ、昔からああよ。最近特にひどいだけだわ。……ほんとにひどいけど」

「ジョンさん！　ジョンさん！　夜分にごめんなさい！」

イーディスはけたたましく木のドアを叩《たた》いた。叩く、殴るを通り越して、蹴《け》る勢いだ。

「オルタンツィアのメイドです！　ジョンさん！」

庭師の爺ことジョンは、ひどく耳が遠い。だからこうでもしないと伝わらないのだ。

「あん？」

小柄な老人がドアを開ける。その足元に、小さな女の子がまとわりついていた。孫だろうか。

「あの、ジョンさん。オルタンツィアの庭で、木の箱を見ませんでしたか」

「なんだって？」

ジョンは耳を寄せてくる。イーディスは腹の底から叫んだ。

「あの！　オルタンツィアの、庭で！」

「なんだって？」

「オルタンツィアの庭で！　オルゴールを！　見ませんでしたか！」

その時だ。澄んだオルゴールの音色が響き渡った。ジョンの孫が手に持っているのは確かに木の箱で、開けるとラッパを持った天使がくるくる回るようになっていた。流れるメロディは、子守唄《うた》のような優しい響き。

「あ、あった……」


「……と、いうわけでして」

イーディスはぐったりしながらグレイスフィールに告げた。

「見つかりましたが、ジョンさんのお孫さんがいたくオルゴールを気に入ってしまっていて、持ってくることができませんでした。申し訳ありません」

少し間をおいて、令嬢はドアの向こうでため息をついた。

「そんなにくたくたになるまで探し回ったの。切り上げて、明日にすればよかったでしょう。ご飯まで食べ損ねて……どういうつもりなの」

「お嬢様がお待ちかと思って……」

令嬢がふふ、と笑い声を漏らす。

「――そういうあなたの正直でばかなところ、わたくし、嫌いじゃないわ」

褒められたのか貶《けな》されたのか、と疲れ切った頭でイーディスが考えていると、令嬢は続けた。

「よかった、なくなったのではなくて、拾われていたのね」

「ええ、大事に大事に抱えておりました」

「そう。ならその子に、大事にしてねと伝えてちょうだい。明日でもいいわ」

「いいのですか？」

「いいのよ。……もう十年も聞いていないオルゴールだもの。音を奏でている方がきっと幸せよ」

イーディスはそれ以上何も言えなかった。あのオルゴールは、探さねばならないほど大事な品だったはずなのだから。おそらく亡くなったご両親の形見なのだろう。

けれどグレイスフィールがそれでよいというのなら。

「かしこまりました」

「イーディス。もう休みなさい。お風呂《ふろ》に入って、ゆっくり体を休めなさい。今日はこれ以上は働かないように。命令よ」

「承知いたしました。……おやすみなさいませ、お嬢様」

「おやすみ」

2

イーディスはさっと風呂を済ませ、早々にベッドに潜り込んだ。

お嬢様に言われるまでもなく、限界だった。目を閉じると、穴に落ちるように意識がとんだ。

イーディスは夢の世界へと誘《いざな》われる。

「火事だー！」

「火事です！　火事です！」

「避難してください、階段から、押さないで、ゆっくり降りてください！」

あの日、ホテルは火事に見舞われていた。出火原因までは思い出せない。けれど六階からの出火で――六階から上を巻き込む大きな火災になった。夜を裂くように炎は燃え上がり、黒い空に溶けていった。お客さまがぞろぞろと列を成して外へ避難するのをよそに、一人の若手ホテルマンが咳《せき》込《こ》みながら駆けてくる。

「店舗長！　七階のお客さまが一名、応答ありません！」

「まさか七二九号室⁉」

「あの部屋か！　漫画家先生が缶詰しているっていう……」

「煙が充満していて、とてもじゃありませんが呼びかけを続けられず、」

「落ち着け、落ち着くんだ」

「消防はまだなの⁉」

「七階ですから……煙を吸って意識を失っているのかも」

「……──他は！」

「避難完了です」

その時イーディスは……「彼女《わたし》」は、頭からバケツの水を引っ被《かぶ》っていた。マスターキーを握りしめ、びっしょびしょの制服姿で、同僚たちに言い放つ。

「七階、見てきます！」

「おい！　勝手な行動をするな！　死ぬぞ！」

「消防なんか待ってたら、間に合いません！　お客さまが！」

「火事に関しちゃズブの素人《しろうと》だぞ！　素人に何ができる！」

「やるしかない、じゃないですか……！　人の命ですよ！」

──そうか、そうだったんだ。

「私たちは、人の命をお預かりしているんですよ⁉」

イーディスはなんとなく、この先「彼女《わたし》」がどうなるのかを予測することができた。

お客さま。お客さま。お願いです。返事をして。ドアを開けてください――！

開けてください。開けて。どうか、ドアを……。

ドアは開かなかった。熱で歪《ゆが》んで、とてもじゃないけど、開けられなかったのだ――。


「――ッ！」

自分の叫びで、イーディスは目覚める。全身にびっしょりと汗を掻《か》いていた。まるで今まで業火に焼かれていたかのように、体が熱くなっていた。汗で濡《ぬ》れた顔を覆うと、なぜか涙がこぼれてきて、イーディスは横になったまま、嗚咽《おえつ》を漏らした。

「うう、……うううぅ」

――養母《ママン》さん。苦しい。悲しい。悔しい。

でもここに養母《ママン》はいなくて、イーディスに与えられた小さな部屋に、彼女を慰めてくれる存在はいなくて――ロージィはもういない。いなくなってしまった。泣くイーディスを慰めてくれた姉は、どこにもいない。

――ロージィ姉さん。どこに行っちゃったの。どこに……。

弱音を吐きそうになる自分を抱きしめ、体を丸め、イーディスは繰り返した。

「――泣くな、イーディス。泣くな」

涙声で叱咤《しった》する。からっぽのイーディスの部屋に、声ばかりが響き渡る。

「泣くな。泣いても何も変わらない」

だけど十六歳の少女の身体は泣くのをやめなかった。イーディスは、泣いているのが誰なのか、もはや区別できなかった。

夢はもう、イーディスと「私」を一つに融合してしまったらしかった。

「泣いたって生き返れない！」

そう、泣いたってこの現状は変わらない。イーディスの生活は首の皮一枚で繋《つな》がっていて、明日……今日で決まる。

全てが決まり、そして終わるのだ。

「やるしかない。やると決めたらやるしかないのよ。イーディス」

イーディスは薄い毛布を握りしめてぎゅっと目を閉じた。両瞼《まぶた》から、涙がつうと伝って落ちた。

「もう、この世界で生きていくしかないんだから！」

泣いても喚《わめ》いても、朝は来る。イーディスの「運命の日」だ。

狭い私室でエプロンをつけ、帽子を被り、鏡の中の自分を見つめる。少し目の縁が赤くなっていた。でも。

「やるしかない……」

今日中にお嬢様を「まとも」にしてみせなければ、イーディスは暇を出される。つまり、オルタンツィア家のメイドをクビになる。クビになれば、行くところがない。それだけはどうしても避けたかった。

グレイスフィールお嬢様に対する、イーディスの結論はこうだ。

お嬢様は、前世の記憶を持っていらっしゃる。いつかのタイミングでそれを思い出して、混乱してしまわれた。プライバシーのない世界で、彼女はそれを主張したに過ぎない。

そして、彼女はこの世界を「筋書きの決まった物語世界である」と主張している。だから、決まりきった筋書きに背くため、月末に予定されている社交界デビューを拒否し、そのために部屋にこもっていらっしゃる。

要するに。「グレイスフィールお嬢様は、悪魔祓《あくまばら》いをする必要はない」

そして今日中に、そのことをヴィンセント様に納得していただくのだ。それしかない。

社交界《デビュタント》デビューについての問題は全く解決できないのだが、イーディスに主張できるのはそれだけだ。お嬢様は悪魔になど憑《つ》かれていないし、おかしくなってもいない。

「やるわよ、イーディス」

呟《つぶや》いて、部屋を出る。当たり前に一日が始まろうとしていた。

お嬢様の部屋を訪ねるのは七時頃と決まっている。それまでの間に何か仕事をしておきたい。

イーディスはそうして屋敷内を歩きまわっていると、背後から声がかかった。

「イーディス。イーディス・アンダント」

屋敷の管理人の一人、「鍵持ちの執事《バトラー》」、トーマスだ。片眼鏡《モノクル》をかけた大柄な男は、きっちりと正した襟を微調整しながら、低く響く声で告げた。

「旦那《だんな》様がお呼びだ。すぐに執務室に来るように」

「えっ」

「今すぐ」

「はっ、はい！」

イーディスは一度私室に戻って髪を整え直した。

時刻は朝の六時。旦那様はお食事を終えた頃合いだろうか。

急ぎ足で執務室へ向かい、ドアをノックする。きっちり三回。

返事がないのを確認してから、声をかける。「イーディス・アンダントが参りました」

「入れ」

「失礼致します」


重厚なデスクの向こう側にヴィンセントが座っている。そのすぐ隣に、トーマスが立っている。さながら彫像だ。

イーディスは緊張の中でぐるりと部屋を見渡した。どこをとっても清掃の行き届いた部屋。チリ一つなさそうだ。

書類の束がまとめてデスク上に置かれており、その一枚一枚が、オルタンツィア社製の用紙とわかる。応接用の机の上には、サンプルらしき紙の一枚一枚が等間隔に並べて広げられ、ヴィンセントの生真面目《きまじめ》さと几帳面《きちょうめん》さを物語っているようだった。

グレイスフィールの兄。ヴィンセント・オルタンツィア。彼は熱心に、デスクで紙を眺めていた。

イーディスはじっと黙って待った。本来、身分が上の方に声をかけるのはタブーなのだ。イーディスはこの二日間で数え切れないほどそのタブーを破ったのだが――この場では、黙っているのが正しいだろう。

たかがハウスメイドのイーディスを呼びつけ、何を話すのか。もちろん、グレイスフィールの「悪魔祓い」の件に関してだろう。

「イーディス・アンダント」

ヴィンセントがようやく口を開く。低く落ち着いた声だ。ちらと向けられる美しい瞳《ひとみ》が、イーディスを品定めするかのように動く。

「アンダント救貧院《きゅうひんいん》で育った。間違いないな？」

「……はい。間違いございません」

ヴィンセントは顔もあげずに続ける。「では、モンテナ語はどこで習った？」

「あっ……と、ですねえ」

モンテナ語。この世界における英語だ。昨日思いがけず、カッとなって披露してしまったイーディスの前世からのギフト。

「昨日、私の客人に向かって何か言っただろう。何を言った？」

「え、えと。『ごきげんよう』と」

「違うな。それくらい私にもわかる。……どこで習った」

口籠《くちご》もってしまう。とても言えない。異世界の大学で語学を専攻し、留学してイギリスに二年ほど住んでいたからだなんて言えない。就職したあとも、外国人観光客を相手にしていたからだなんてとても言えない。こんな話、通じるわけがない。

「……ええと、気づいたら習得しておりました、はい」

「気づいたら？」

「ええ……そうとしか……あはは」

「レスティア語を読めも書けもしないお前がか」ヴィンセントの追及は鋭い。「自分の名もまともに書けないお前がどうしてモンテナ語を解《かい》す」

ヴィンセントが一枚の紙を掲げた。見せられたのは、イーディスがここに来るさい書かされたサインだった。

【いーでず・あんだんど】

我ながら酷い字だ。確かに、「これ」でモンテナ語だけ堪能なのは解《げ》せないだろう。

「そ、それは……」

その時、メイド長が執務室に飛び込んできた。

「お呼びでしょうか」

「キリエ。ちょうどよかった。今から話そうと思っていたんだ」

「いかがなさいました」

メイド長はイーディスの隣に立って、背筋を伸ばした。ヴィンセントの圧で押しつぶされそうだったけれど、メイド長のおかげで少しだけ楽になる――。

「ハウスメイドのイーディス・アンダントに、暇を出そうと思う」

「へぇッ!?」

イーディスの間抜けな悲鳴が響き渡った。しかし、重苦しい空気は変わらずそこにあって、イーディスを圧迫した。

――うそ、うそ、どうして。まだ一日あるはずなのに！

「異論あるか」

「ございません」トーマスが即答した。

「キリエは」

メイド長は凍りついたイーディスをちらっと見やった。イーディスはその目を見つめ返した。必死に見つめ返した。メイド長は、少し躊躇《ためら》って、こう口にした。

「……旦那様がそうお決めになったのなら」

「では、決まり――」

「ですが」メイド長は震える声で言った。「わきまえずに発言するわたくしをお許しください、旦那様。この者はお嬢様に二日お仕えしましたが……そのたった二日で。たった二日で、この者はお嬢様の部屋の扉を開けたのです。お嬢様は、たいそうこの者を気に入っておられます」

「グレイスが？」

ヴィンセントは眉《まゆ》を寄せた。

「それは確かなのか」

「はい、間違いございません。わたくしは、旦那様にお仕えする者でありますが、同時にお嬢様にもお仕えする身でございます。……この者の処遇は、お嬢様にお話を通してからでも、よろしいのではないでしょうか」

イーディスの口の中はカラカラに乾いていた。まさかあのメイド長から援護射撃《えんごしゃげき》が飛んでくるとは思わなかったのだ。

「メイド長……」

「ではキリエ、そしてイーディス・アンダント。今すぐグレイスをここへ」

「今すぐ⁉　でございますか」

「ああ、今すぐだ」

ヴィンセントはイーディスをチラリと見た。

「イーディス・アンダント。あの言葉、忘れてはいないだろうな」

イーディスは、震えながら答えた。

「……勿論《もちろん》でございます」

覚えている。──グレイスフィールを『まとも』に。まともにする──。

ヴィンセントは震えるイーディスを見下ろして、冷たく告げた。

「グレイスをここへ。意見を聞こう。『まとも』になったグレイスに」

イーディスの背を、冷たいものが伝い落ちた。

グレイスフィールの部屋の前。ノックもそこそこに、メイド長が告げる。

「お嬢様。お目覚めでいらっしゃいますか。至急旦那様の執務室においでください」

イーディスはまだ震えていた。首の皮一枚で繋がっていたものが今まさに切れようとしている。

「お兄様が？　一体何事なの？」

令嬢の声が尋ねる。「ねえ、キリエ。イーディスは？」

「……こ、ここに」

か細い声が喉《のど》から溢《あふ》れて床に落ちた。もう、隠せなかった。メイド長の前なのに、涙が出てきた。

前世では縦横無尽《じゅうおうむじん》に駆け回り、どんなクレームや悪態にも耐えたけれど。今のイーディスはただの十六歳の少女だった。

「お嬢様。……わたし、わたし、どうしよう……っ」

「イーディス？」

「このままではイーディスはクビになってしまいます。旦那様がそうお決めになりました」

メイド長が努めて冷静に告げた。彼女自身も何かをこらえているようだった。

「……他でもないお嬢様がお望みなら、旦那様もイーディスの処遇を考え直してくださるかもしれません」

しばらく沈黙があった。イーディスのしゃくり上げる声だけが、廊下にこだまする。

やがてグレイスフィールは、静かに告げた。

「キリエ。中へ。髪の毛を結って頂戴《ちようだい》」

「は、はい！」

「……部屋の中。びっくりしないでね」

メイド長はそっとドアを開けて中へ滑り込む。「ぎゃっ」という叫びが聞こえてきたが、今のイーディスには、汚部屋《おべや》の洗礼を受けたメイド長を笑う余裕もなかった。

「イーディスは、落ち着いて。落ち着いて聞いて」

令嬢の声がドア越しにイーディスをなだめる。

「うう、ううっ、は、い」

「わたくしはあなたを友人だと思っています。使用人として以上に、メイドとして以上に。友達だと思っています」

「おじょうさま……」

「この屋敷の中で、誰よりも『わたくし』を尊重してくれた。この二日で、それがよく分かりました。わたくしはあなたを、はいそうですかと手放すつもりはありません」

「はい、はい……ありがたきお言葉……ううっ」

心強い言葉に一層涙の勢いは増し、鼻水まで出てきた。イーディスは自前のハンカチで洟《はな》をかみ、その場にしゃがみ込んだ。

「では、参りましょうか。お兄様のところへ」

ドアが開くと、そこには気品漂う令嬢の姿があった。何本もの三つ編みにまとめた銀髪を後頭部でぐるりとまとめている。服は、淡い緑のフリルをあしらったシンプルな白いワンピースだ。素人《しろうと》目《め》にも、素材から高価なものだとわかる。

思わず、呟《つぶや》いた。

「お嬢様が……お部屋着じゃない……？」

「本当はね。今日、あなたを誘ってアーガスティンの港に出かけるつもりだったのよ」

グレイスフィールは照れ臭そうに言った。

「それがこんなことになるなんてね。早めに支度しておいて正解だったわ」

グレイスフィールの後ろに控えているメイド長はイーディスに何か言いたげだった。お嬢様の汚部屋に対して思うところがあるのだろう。しかし今はその時ではない。

令嬢を先頭に、三人は再び執務室に向かった。

3

「お兄様、いったいどういうことなのですか」

グレイスフィールが執務室に入ると、ヴィンセントは椅子から立ち上がって、妹の格好を上から下まで眺め回した。

「どういう風の吹き回しだ」

「今日はメイドと共にお出かけをする予定だったのよ」

グレイスフィールは、棘《とげ》のある言い方で続けた。「そのメイドに、お兄様がお暇を出そうとなさるなんて、思いませんでした」

そういえば、昨日そんな話をしていたような気がする。新しいストールを買いに行くとか……。

ヴィンセントはうつむくイーディスと、腕を組んでいるグレイスフィールを見比べた。

「キリエの言うことは、本当だったのだな」

「イーディスはこの二日、とても良くしてくれたわ。これ以上なくわたくしを尊重してくれたわ。彼女以上のハウスメイドはこの屋敷には居《お》りません。それを、クビにだなんて、あんまりです」

「……確かに、今のお前のわがままを聞けるメイドは少ないだろうな。確かに」

ヴィンセントもまた、棘を剝《む》く。

「だが、お前が『まとも』であれば。僕の言うことを聞いてくれる可愛《かわい》いグレイスであったなら、こんなことにはならなかったんだ」

グレイスフィールはあからさまにムッとした。

「……どういう意味？」

「モンテナのガラス製品会社、ツェツァン社の、ユーリ専務から。イーディス・アンダントを欲しいと、交渉があった。メイドや小間使いとしてではなく、『通訳』としてだ。こいつは、モンテナ語を話せる。ネイティヴレベルだと、専務は仰《おつしや》っていた」

イーディスも、グレイスフィールも、そしてメイド長までもが、驚愕《きようがく》の表情を浮かべた。

「なぜ？　どうしてそんなことに」

グレイスフィールが拳《こぶし》を握る。メイド長が口を押さえて叫びを抑えている。

イーディスにだけは、心当たりがあった。

『モンテナ語をどこで習ったのか』

先ほどのあの問いかけは、そういうことだったのか……！

「承諾してしまったの⁉　どうして‼」

グレイスフィールは執務机に歩み寄って、だんっ、と勢いよく手をついた。しかしヴィンセントも、そんな妹の目を見据えた。怒気を孕《はら》んだヴィンセントの声だけが、響く。

「お前が、社交界に出ないと言ったからだ」

「っ‼」

「会社にはもはや後がない。僕らの売りは新聞紙のような安価な紙だ、高級紙じゃ競合企業に勝てっこない。市場に生き残れるかどうかは、モンテナ進出にかかっている！

そのモンテナの企業が、こいつ《イーディス》を欲しがったんだ、お前ならどうするグレイス！　お前が僕の立場だったらどうした⁉」

「お兄様、」

「父上も母上も行ってしまった！　妹は部屋から出ない、社交界にも出ない、僕には後がない！　お前ならどうした！」

　イーディスは硬直したままその話を聞いていた。メイド長も、「鍵持ちの執事《バトラー》」も、彫像のように固まっていた。グレイスフィールはうつむいて、しばらく兄の言葉が放った衝撃に耐えているようだった。震える肩が、小さな声で呟く。

「……そうね。全てわたくしが悪いわ」

「お、お嬢様、」

「自己責任だわ」

　青い目に涙を浮かべて、グレイスフィールはイーディスを振り返った。

「そのためのダンスレッスンで、そのための教養ですものね。昔から、決まっていたことですものね。……そうよ、そうだった……」

　グレイスフィールは涙を拭い、言い放った。

「出ます。……社交界デビューの場に」

　執務室がしん、と静まり返った。令嬢の言葉だけが、空気を震わせる。

「確か主催はアーガスティンのお偉方。モンテスター翁《おう》でしたわね。ということはモンテナからの貴賓《きひん》もいらっしゃる。ツェツァン専務もご出席なさるのでしょう」

「どうしてそこまで知ってる」

　ヴィンセントが驚愕する中、グレイスフィールは兄のツッコミを無視して続ける。

「ツェツァン専務には、わたくしからきちんとお断り申し上げておきます。イーディスはわたくしたちの使用人であって、通訳も兼ねておりますと。……そもそもお兄様。モンテナ進出を狙うのであれば、イーディスのような人材は確保しておくべきでしてよ。目先のお金よりも今後のことです」

「あ、ああ……それは、それで、いいんだ、が……」

ヴィンセントは妹の掌《てのひら》返しに戸惑っているようだった。

「お断りするのなら僕の口から伝えるのが筋だと」

「ダメです。お兄様は夜会を欠席なさってください」

グレイスフィールはきっぱり告げた。

「パーティーへは、わたくしとイーディスの二人で出席します。これが、わたくしの社交界デビューの条件です」

「ダメだ。僕にはお前をエスコートする役目がある！」

「いいえ。甘く見ないで。一人でも夜会を乗り切れますわ。お兄様、実はわたくし、人のお顔とお名前を覚えるのは得意なの」

「それに」とグレイスフィールはイーディスを振り返った。

「わたくしにはよい通訳がおりますもの。ね、イーディス」

4

自室に戻るなり、グレイスフィールは散らかった部屋の散らかったベッドの上に突っ伏して喚《わめ》いた。

「私のばか！　ばかばか！　考えなし！　それだから前世でもダメだったのよ、ダメダメなのよッ！　口先ばっかりで後のことは全く考えないんだから‼」

ああ言ったものの、本当は何もかもが不安なグレイスフィールである。

グレイスフィールの前世が「この異世界の原作者」であるため、情報の利はある。

だがしかしグレイスフィールという少女も、前世の漫画家も――典型的な内弁慶なのだ。家の中ではなんとでも言える。しかし外に出れば借りてきた猫だ。美しいヴィンセントの隣を飾る花くらいにはなれるかもしれないが……。

「ウワァー！　もー！　バカァー！」

――自ら率先して挨拶《あいさつ》をしに行くような真似《まね》は到底できそうにない。

高価なマットレスが絶叫を吸い込んでくれる。

「お嬢様、あの」

扉の向こうからイーディスの心配そうな声がする。グレイスフィールは顔をあげて涙を拭った。

「き、聞こえた？」

「……聞こえました」

そうだ、やらなければならないことがある。叫んでいる場合ではない。グレイスフィールはあっという間に乱れた髪を撫《な》でつけて、イーディスを呼んだ。

「入って、イーディス。作戦会議しなくちゃならないわ」


グレイスフィールは所在なげに佇《たたず》むイーディスに椅子を勧め、自分はいつもの部屋着に着替えた。それも、すっかりインクまみれになってしまっている、ほとんど作業着のようなものだ。

「お嬢様、あの。わたくし……」

「固くならないでいいわ。私のこともグレイスと呼んでちょうだい。一晩だけかもしれないけど、あなたは私の通訳になるのよ」

グレイスは紙を五枚取り出して、ペンを握った。

一枚目の紙に、日本語でこう記す。

「……ユーリ、ツェツァン」

「何者なんですか、あの人」

「モンテナのガラス製品を扱う老舗《しにせ》企業の三番目の息子よ。兄二人が頼りないから跡継ぎは彼」

輪郭に続いて、垂れ目がちな目を描き込む。髪の毛は真っ黒で長く、三つ編みにして垂らしている。いい男だが、性格に難あり。

「モンテナ語を話せるのね、イーディス。どうして？」

「モンテナ語は英語でした。イギリス英語です」

グレイスフィールはガクッと頭を揺らした。心当たりがあった。

「そう、そうね……確かにモンテナはイギリスっぽい国の設定にしてたわね……」

「前世では、ホテルのコンシェルジュをやっておりまして」

イーディスが恥ずかしそうにうつむいて、荒れた手をぎゅっと握り合わせる。

「外国人観光客の方を主に相手にしていたものですから。……慣れていて」

道理で、イーディスの振る舞いには、他のメイド達にない距離があったわけだ。そしてその距離が、ここまでの信頼を築き上げたわけだが。

「見事なものだったわ、イーディス」

そうしているうちにツェツァンの顔が出来上がった。

「これがユーリ・ツェツァンよ」

イーディスが椅子から立ち、机の上を覗《のぞ》き込む。

「そうです。この人、ヴィンセント様に暴言を吐いたので……つい『聞こえてますけど』って。喧《けん》嘩《か》を売ってしまって」

そしてこんなことに……とイーディスは肩を落とす。イーディスは、意外と喧嘩っ早い性格なのかもしれない。そして、おそらくだが。ユーリ・ツェツァンはそんなイーディスを「おもしれー女」だと思ったんだろう。設定上、ユーリという男は、「おもしれー女」が好きなのだ。

「見初《みそ》められたのね？」

途端にイーディスは嫌そうな顔をした。グレイスフィールは肩を震わせて笑った。

「もう！　グレイス様！　からかわないでください。どうしてあんな男に……」

「まだいるわ。マリーナとその取り巻きたち。ちょっと待ってね」

アルベルト。木材加工会社の跡取り。

レオニール。印刷会社の副社長。

ハインリヒ。若手新聞記者。

そしてマリーナ。……商工会のお偉方、モンテスター翁の孫娘。

「モンテスター家は、モンテナから移住してきた資産家よ。名前にその名残があるでしょう。一世紀くらい前ね」

「へえ」

「……という、設定なの。だから転生してもマリーナの髪は、つややかな黒なわけ」

五人分の顔を描き終え、グレイスフィールは額の汗を拭う。イーディスはそれを見て何か言いたげに口を開けたが、なにかを思いついたようにこう言った。

「そういえば、ティッシュがない、この世界」

イーディスはそっとエプロンの端をつまんだ。「失礼します」と頬を拭われる。知らずに、インクを顔につけてしまったらしい。

「あ、ありがとう……」

「会社で開発してみてはいかがでしょう？　柔らかくて肌触りのいい紙を、なににでも使える万能の紙として」

「それも……いいわね」

うまくいって新製品として売り出すことができれば、会社にとってプラスになるし、何よりも作画作業が楽になる。ティッシュがあるのとないのとでは大違いだ。

「私のアイデア……お兄様は聞いてくださるかしら？」

「聞いてくださいます。他でもない、グレイス様のお話ですもの」

久しぶりに、兄と食事を共にするのもいいかもしれない。

父母が逝ってしまってから、自室で食事を摂るようになってしまった。広いテーブルに、二人分の食事しか用意されないことがあまりにも悲しくて。二人がいない現実が、あんまりにも苦しくて。

現実に蓋《ふた》をするように、グレイスは閉じこもるようになった。ついたあだ名は、「幽霊令嬢」。

兄はあの広いテーブルを、一人で使っているのだ。

「イーディス、この作戦会議が終わったら」

グレイスフィールは汚れた手を見つめた。

「着替えを手伝ってくれる？　それからキリエとトーマスに伝えてほしいの。今日からお兄様とお食事を摂りたいと。夕食も……もちろん、できれば朝食もよ」

イーディスは五枚のイラストから顔をあげ、頷《うなず》いた。

「かしこまりました、グレイス様。すぐに」

……そしてその日の晩。

テーブルの上に並べられた二人分の豪勢な食事を前に、ヴィンセントは思わず目を擦《こす》った。

「今日はいったいなんなんだ？　明日は槍《やり》でも降るのか？」

「槍など降りませんわ。これからは雪の季節です」

グレイスフィールは薄いピンクのワンピースを揺らしてヴィンセントの隣に立った。

「おかえりなさいませ、お兄様」

「グレイス……」

ヴィンセントの呟《つぶや》きに被《かぶ》せるように、方々から声がかかる。

「おかえりなさいませ、旦那《だんな》様」「おかえりなさいませ」

メイドたちだ。グレイスフィールはヴィンセントを上座へ促した。

「久しぶりに二人で食べたいと言ったら、我が家のコックが腕を振るってくださったのですって。一緒にいただきましょう」

壁際に並ぶメイドの中には、イーディスもいた。グレイスフィールは彼女に笑顔を向けた。

「あのね、お兄様。今朝お話ししたことなのだけど」

「ああ」

「わたくし、精一杯頑張ってくるわ。足りないかもしれないけど。いいえ、未熟だからこそ。ぶつかってくるわ」

「……本当に、エスコートは要らないのかい」

「ええ。だってそうしたら、わたくしじゃなくてお兄様が主役になっちゃうでしょう。わたくし、お兄様を飾る花ではなくってよ。……わたくしだって、会社の役に立ちたいわ」

グレイスフィールはステーキを切り分ける手を止めて、兄を見た。

「グレイスフィール・オルタンツィアとして、勝負に出たいの。お兄様と肩を並べられるようになりたいわ」

「グレイス……」

「そして、うっかり者のお兄様を守って差し上げなくっちゃね」

「ん？」

ヴィンセントは眉《まゆ》を寄せたが、グレイスフィールは微笑《ほほえ》んだまま。その笑顔の意味は、イーディスだけが知っているのだった。

5

幽霊令嬢が外へ出た。噂が噂になる前に、令嬢は全員の前に姿を現した。下男《ボーイ》やメイドたちの中には、令嬢の顔を知らない者も多くいた。

「お嬢様はお美しくなられたわ。大奥様にそっくり！」

まったりと感嘆するのはアニーである。

「あのお嬢様にお仕えできるなんて、イーディスもメイドのし甲斐《がい》があるってものじゃない」

「でもアニー」シエラは、おやつのクッキーをかじる。「イーディス、マグノリア夫人にしごかれてるらしいよ。お嬢様のデビュタントについていくから」

「うそでしょ？　噂ばっかり伝わってくる鬼家庭教師《ガヴァネス》？」

「ほんと。今もレッスンしてるって」


「ええ、ええ。よろしい。……いいでしょう」

頭に本を載せて、まっすぐ歩く練習。慣れたらヒールを履いて。その繰り返しを何度も。

マグノリア夫人はイーディスの強靭《きょうじん》な体幹を素直に褒めた。

「体の軸ができていますね」

「ええ、力仕事ばかりしてきたものですから」

お嬢様の社交界デビュー《デビュタント》に向けて、イーディスは「御付き《レディースメイド》」にふさわしい振る舞いを身に付けることになったが、ほとんどが前世の記憶でカバーできてしまったため、イーディスは単にマグノリア夫人を驚愕《きょうがく》させただけだった。

「訛《なま》りも少ないし、少し心がければちゃんとお話しできますね、けっこうです」

「ありがとうございます、マグノリア夫人」

「救貧院《きゅうひんいん》の出だと聞いたから身構えたけれど、そんなに心配は要りませんでしたね」

「恐縮です」

礼の仕方。歩き方。口調。それからドレスを着た際の、ふさわしい振る舞い。前世の仕事の方が厳しかった、とさえイーディスは思った。お嬢様から借りたドレスは慣れなかったけれど、裾《すそ》を持ち上げて歩くことと、背筋を伸ばしてさえいれば優美なシルエットになることだけわかれば十分だった。イーディスはすっと背筋を伸ばして、ドレスを着こなした。

この子に教えることはほとんどありません――全ての課程を終えたマグノリア夫人が、知己《ちき》のメイド長にそう告げた時の、メイド長の顔と言ったらなかった。

「イーディス、お前、……行儀の悪い小娘だと思ってたのに」

「メイド長、私のことそんなふうに思っていたんですね」

メイド長は咳払《せきばら》いを一つした。

「行いです。全ては行い。お前の行いが変われば、自《おの》ずと周りの目も変わるのです」

イーディスはそれを聞いて、……おかしくて、笑った。メイド長はふんと顔を背けた。メイド長がイーディスを見る目は、彼女の言った通り変わり始めていた。メイド長は認めたくないかもしれないが。

「イーディスにはこのお衣装がいいわね」

そして、グレイスフィールの自室では衣装選びが始まった。

グレイスはいくつかの包みの中から一枚のワンピースを取り出した。そして、ウォーク・イン・クローゼットからトルソーを引っ張り出してきて、それに着せつける。汚部屋《おべや》は相変わらずだが、申し訳程度に壁際に寄せられたゴミたちが、グレイスの涙ぐましい努力を匂わせている。

——いつか絶対にお掃除させていただくわ。

ひそかに決意を固めるイーディスの横で、何も知らない令嬢は無邪気にもわもわ埃《ほこり》を立てている。

「エプロンドレスでしょう、リボンでしょう、それからこのカフス！」

——ああ！　リネンに埃が！　お衣装にも埃が……！

内心悲鳴を上げるイーディスであるが、グレイスは楽しそうだ。並べた衣類とアクセサリーを見せて、きらきら輝く瞳《ひとみ》がイーディスをうかがう。

「ね、どう？　いいと思わない？」

「私にこれは派手すぎませんか？　グレイス様。この宝石《いし》も……似合わない気がするんですが」

「いいのよ！　わたくしはもっとハデハデなのだからあなたもこれくらいで！」

「ええー……」

「一度でいいからやってみたかったのよ、こういうの！」

イーディスは気乗りしないままグレイスの着せ替え人形にされてしまう。帽子を取られ、朝セットした髪も解《ほど》かれ、イーディスにしてみればハデハデした髪飾りが編み込まれていく。

「わたくしね、今世も前世も妹が欲しかったのだけど」

大きな鏡の中でグレイスが言った。イーディスの茶髪を丁寧に編みながら、微笑む。

「今世はお兄様しかいないでしょう。前世は弟しかいなかったのよ。だから、今とっても楽しい」

「……そうなんですね。でもお嬢様。ほどほどになさいませ。わたくし、オルタンツィア家の通訳ですけど、ただのメイドでもあるんですよ」

「わかっているわ。ギリギリを攻めるのね！」

……わかっていないな、とイーディスは思った。けれども美しい碧眼《へきがん》が輝いているのを見れば、それ以上はとやかく言えない。


そうして迎えたグレイスの社交界デビューの夜は、流星のお告げが出ていた。

「天文台によりますと」

トーマスが恭しく言った。

「今夜は英雄の星座の方角から流星が降るとのことです」

髪を結い上げたグレイスの耳元で、クリスタルの耳飾りが揺れた。デビューを控えた令嬢は、瞳の色に合わせた真っ青なドレスを着こなしている。

イーディスもまた、深緑のロングワンピースに、フリルのついたエプロンドレスをつけていた。ロープタイにあしらわれた宝石は黄水晶。ギラギラした髪飾りは、イーディスが頑なに固辞した。そのかわり、カチューシャを付けている。あくまで自分はいちメイドである、というイーディスの意思を示すように。

「参りましょう、どうぞお車へ。お送りします」

トーマスが令嬢へ手を伸べる前に、背後から走り寄る影がある。ヴィンセントだ。

「グレイス！　ああ……母上によく似ている。美しいよ、似合っている」

「そうかしら？　ありがとう、お兄様」

「幸運を祈っているよ」

ヴィンセントは妹の手を取るとその指先に口付けた。イーディスは見てはいけないものを見たような気持ちになったが、どうも兄妹の間では普通のことらしかった。

「では、お兄様を頼みますよ、キリエ」

グレイスが手をひらりと振る。メイド長は恭しく頭《こうべ》を垂れた。

「かしこまりました。一同、お嬢様のお帰りをお待ち申し上げております」


「ああ、肩が凝る」

車に乗るなり、グレイスはため息をついた。

「お兄様もキリエも誰もかれも、もっと砕けた言葉遣いでもいいのにね？　イーディス」

「しー、お嬢様、しー」

運転中のトーマスがチラリとこちらを見た。イーディスはニコニコとその場を取り繕い、グレイスを見た。

「みな、立場がございますので」

「イーディスだってそうだわ。イーディスと私の立場はおんなじよ。もっとくだけていいのよ。なんならタメでもいいくらい。マブよ、マブ」

前世の言葉が出ること出ること。イーディスはトーマスの視線を気にしながら、声を潜めた。

「同じだなんて、まさか。そんなことは……」

「あるわ」

グレイスは窓の外を見た。晩餐《ばんさん》会を控えた夕方の、赤い空。いずれ星の降る南の空を。

「『流星の子』。聞いたことはない？　古いお伽噺《とぎばなし》。流星の降る夜に生まれた子は、祝福されているの。特別な子なのよ」

「……ああ、」

──たしか、養母《ママン》が。似たようなことを……。

『英雄の流星が降る夜には、何かが起こるのよ、イーディス』

「あの流星の一つ一つは、魂だわ」

グレイスはそらんじるように囁《ささや》いた。

「どこかから神様が迷子の魂を呼ぶの。そして魂は、生まれてくる子の中に宿って、新しい人生を生き直すとされている。『本当にするべきことをするために』」

トーマスが耳を傾けているのがよくわかった。グレイスは、付け加えるようにこう続けた。

「……古い文献で読んだの。確かかどうかは知らないわ」

イーディスにはわかっている。それは本当だ。この世界はグレイスが前世で作ったものだから。

つまり流星は、誰かの魂。イーディスたちもそうやって生まれてきたのだ。この世界で『本当にするべきことをするため』。

――本当にするべきことって、なんだろう。

車のドアを開けてもらい、先に降りて令嬢を促す。イーディスは上等な服を見下ろして、細く息を吐いた。白い息が、ふわりと広がる夜。――冬のアーガスティン、その中枢。モンテスター翁《おう》の所有する、大きなホール……。

執事に手を取られ、会場へ降り立ったグレイスフィールは、優雅に微笑んだ。

「トーマス。ご苦労だったわ。夜会の終わりにまたお願いね」

「承知いたしました」

「行くわよ、イーディス」

「はい、お嬢様」

6

あくまでメイド、あくまで通訳。ここではグレイスフィールという花を立てる器に過ぎない。イーディスは何度もそう言い聞かせた。大きな扉の前で、燕尾服《えんびふく》の男性たちが待ち構えている。煌々《こうこう》と照らされている室内へ、二人は足を踏み入れた。

シャンデリアの光が隅々まで照らし出すパーティ会場に、グレイスは青薔薇《ばら》の如く咲き誇っていた。取引先の社長や重役に次々と挨拶《あいさつ》をし、微笑《ほほえ》み、ひとことふたこと言葉を取り交わし——イーディスは、「わたくし人と話すのが苦手なのようわあん」と涙ぐんでいた令嬢の姿を思い出す。そして余裕ぶった笑みの端々に緊張がにじんでいるのを、隣で見つめた。

——グレイス様は戦っていらっしゃる。

ただしく戦いなのだ。ここは戦場だ。第一印象が全て。社交場での振る舞いが、会社同士の付き合いに及ぼす影響を、グレイスはわかっている。ましてこの場には、会社の顔であるヴィンセントがいない。

だからこそ、この「装備」なのだろう。真っ青なドレスは、彼女を引き立たせると同時に、彼女を護《まも》る鎧《よろい》なのだ。

グレイスはそれから絵に描き起こした例の「マリーナの取り巻きたち」のもとにも顔を出した。ヴィンセントと公私共に仲が良いとされている、レオニール、アルベルト、そしてハインリヒ。三人は一塊になって、会場の隅でシャンパンを飲んでいた。

グレイスは深呼吸をして、ちらりとイーディスに視線を送った。応援して、と目が言っていた。

イーディスは、拳《こぶし》を握って見せた。令嬢は頷《うなず》いて、きらりと笑顔を作った。

「みなさま、ごきげんよう。グレイスフィールと申します……」

彼らはきょとんとしていたが、グレイスが「オルタンツィアの」と説明を加えると、すぐさま合点した。

「ああ、ヴィンセントとよく似ているなぁ！」

「ヴィンセントは、今日は欠席なのかい？」

「ええ、おやすみを頂きたいと。代わりにわたくしが参りましたわ」

「妹がいると聞いていたが……これほど美しい方だとは思わなかったな」

一人が、グレイスの手の甲にキスをした。

「母に似ているとよく言われますわ」

「そちらのお嬢さんは？」

イーディスは背筋を伸ばした。悪印象を持たせないために、余計なことは言わないと決めていた。

「オルタンツィア家の通訳でございます」

「モンテナ語を話せるのよ」とグレイスが付け加える。

「へえ、じゃああのツェツァンさんとも話せるのかな」

あの、と枕詞がつくあたり、ツェツァンという人物は界隈《かいわい》でも名の知れた偏屈《へんくつ》らしい、とイーディスは見当をつけた。第一印象、最悪。

『うるせえブス』

――あんな暴言男の評判がいいわけがない。

「ええ、もちろんですわ」グレイスが大きく頷くと、

「ツェツァンさんは気難しい方だ。なかなか話も通じにくいし。言語の壁というか……」

――やっぱり。

レオニールだかアルベルトだかハインリヒだか――誰かがそう言う。もう二人も頷いた。

「一筋縄ではいかない。腹の底が見えないんだ」

「僕もモンテナ語は少し喋《しゃべ》れるんだけど」と一人が言う。確か記者のハインリヒだ。

「早口で聞き取れないことがあるんだよね……ちょっと不安になることがある」

それ、高確率で悪口ですよ、と言いかけて、イーディスは言葉を呑《の》み込んだ。とうのユーリ・ツェツァンの姿が見えたからだ。

「お嬢様。ツェツァン様がいらっしゃいました」

イーディスは囁いた。グレイスは頷いて、三人にひらりと手を振った。

「あら。……なら、ご挨拶しなくてはね。みなさん、今夜は楽しみましょう」

ユーリ・ツェツァン。きっちりとスーツを着こなしつつも、何かの動物の毛皮をストールのように巻き付け、防寒対策をしている。長い髪はポニーテールにまとめて高く括っていた。とにかく背が高いので、そこにいるだけで威圧されるような感覚に陥る。

そんなユーリ・ツェツァンが、一人の少女を上から覗《のぞ》き込んでいる。

グレイスフィールが青薔薇ならば、彼女は桜のひと枝だ。淡いピンクのドレスに控えめなアクセ

サリーをちりばめている。淡い緑をアクセントにしているところに、この衣装を選んだ者のセンスが光っている。長い黒髪の一部をゆるりと編み上げて、小さな花の飾りをたくさん挿している。

この世界のヒロイン、マリーナ。マリーナ……なんだっけ。

イーディスは彼女の下の名前を忘れてしまっていたが、それだけわかれば十分だ。彼女がマリーナだ。しかし彼女は真っ青になって震えていた。当然、見知らぬ中国マフィアみたいな男に上から覗き込まれたら誰だってそうなる。小動物みたいに震える彼女を、男はじっと観察しているのだった。

「イーディス、これは……」

グレイスまで困惑している。仕方なく、イーディスは声をかけた。

『ツェツァン様。ご令嬢を怖がらせるような真似《まね》はお控えくださいませ』

『……！』

ツェツァンはイーディスを見るなり驚き、それからゆっくり口元を綻《ほころ》ばせた。

『話の通じる奴《やつ》がいて助かる。この小ネズミに、我《おれ》を紹介しろ。女』

『……物の頼み方もわからない、意地の悪いモンテナ男です、と？』

男は歯を剥《む》いた。笑っている。マリーナは怯《おび》えているし、グレイスはどうしていいかわからないようだ。

『やはり面白い女だ、覚えているぞ、オルタンツィアのメイド。名前は』

『そんなことはどうでも良いです。彼女に何を伝えたいのか仰《おつしや》ってください』

イーディスは彼の目を睨《にら》みつけた。

『私の今の仕事は通訳ですから。そのまま訳してもよろしいんですか』

イーディスは気を取り直し、指先を揃《そろ》えた手のひらをツェツァンに差し向けた。

「こちら、モンテナのツェツァン社のユーリ・ツェツァン専務です」

「ご、ごきげんよう……」

哀れになるくらいマリーナは小さくなっていた。続けてイーディスはツェツァンを見上げた。

『こちらはアーガスティン商工組合の会長、モンテスター翁の孫娘に当たります、マリーナ・モンテスター様です』

「よろしく、マリーナ嬢」

ツェツァンはマリーナの目線まで屈んだ。最初からそうすればよかったのに。マリーナは礼をすると、逃げるようにそそくさと立ち去った。

イーディスが半目でツェツァンを見ていると、グレイスが歩み寄ってきて一礼した。

『こんばんは、ツェツァン様。グレイスフィール・オルタンツィアです。お会いできて嬉《うれ》しい』

ここまでは日本の教育の賜物だ。ツェツァンにも難なく通じたらしい。

『ヴィンセントの妹か。よく似ている』

イーディスはそのまま訳すことにした。

「よく言われますわ。……ツェツァン様。この前はお越しいただいたのに、ご挨拶できなくてごめんなさい」

『何も気にすることはない、あまり人前に出るのが得意ではないとヴィンセントから聞いていた』

「お恥ずかしい限りです」

『ヴィンセントはいないのか』

「ええ、代わりにわたくしが参りました。社交界デビューも兼ねて」

『そのメイドを通訳として譲る話はどうなっている？』

イーディスの背に緊張が走った。令嬢を見る視線に、力がこもる。

「お断り申し上げます」

グレイスはきっぱりと答えた。ツェツァンはすっと目を細める。

『話が違うようだが？』

圧のある声音に、イーディスはやや震えながら訳をした。しかしグレイスはめげずに、強気のまま答えた。

「イーディスはわたくしの御付きのメイドでした。なのにお兄様は、わたくしの許可なしに取引をしてしまった。ですのでわたくしの口から、お断り申し上げようと思いましたの」

『ヴィンセント殿に約束した融資の話も、紹介の話も、無くなることになるが』

融資。紹介。……会社にとっての、切り札かもしれない。グレイスは柳眉《りゅうび》を下げた。

「残念ながら、そうなります。折角取りはからっていただいたのに、申し訳ないと思っておりますわ……」

演技なのか本当に萎《しお》れているのか、イーディスには区別がつかなかった。

「ですが、当社もモンテナ進出を諦《あきら》めてはおりません。彼女のような人材は我が社にも必要なのです。ですから、大変心苦しいのですが、このお話はなかったことに。……これまで通り、変わらぬ友人のように接していただければ幸いだと、兄が申しておりました」

『……イーディスと言ったか』

ツェツァンの言葉はイーディスに向けられた。表情の読み取れないまなざしが、値踏みするようにイーディスを見た。

『我《おれ》はお前を諦めていない。いつか必ず買収する』

イーディスはポカンとした。どうしてこの流れでそうなる？

『あのう……ここまでのお話を聞いてどうしてそうなるんですか？』

『ツェツァン社にも野心がある。レスティアの内地に進出したい。お前のような人材が必要だ。ただそれだけだ』

イーディスは眉根《まゆね》を寄せた。そんなのはおかしい。

『いいえ、他にもいらっしゃるでしょう、モンテナ語の達者な方くらい。それか、モンテナ人のどなたかに今からレスティア語を学ばせるとか。いくらでも方法はあるんじゃありませんか。なにもこんなメイドに拘《こだわ》らなくても……』

しかしツェツァンはグレイスを置き去りに、イーディスを真上から覗き込んだ。

『違う。お前でないとダメだ。お前には前世がある、しかも日本人だ。違うか』

『⁉　どうしてそれを……？』

ツェツァンは、イーディスだけを見つめた。

『我《おれ》も同じく、……前世を持つものだからだ。……はは。寿司、な』

『へ？』

『寿司は俺も好きだ、ジャポネ。まるで本物のような絵だったな。才能がある』

ツェツァンが離れていったあと、グレイスは不安げにイーディスの腕を掴《つか》んだ。

「ねえ、最後、なんと仰っていたの？」

「なんと……言えばいいのか……その……」

情報量が多すぎてうまくまとめられない。イーディスは軽い頭痛を覚えた。何から話せばいい？

「ええと、ツェツァン専務も、いわゆる『流星の子』であるらしいのです。だから、同じ境遇にある私を、通訳に欲しいと。……たぶん、そんな感じで……」

「え……？」グレイスは口元を覆った。そして、瞬時に首を傾《かし》げた。「っていうか、『同じ境遇』？なぜ、あなたが『流星の子』だとバレたの？」

「どうやら、あの……何かとんでもない事故があって、お嬢様の『寿司』を見られたらしく……」

グレイスは口をあんぐりと開けた。お嬢様のお気持ちももっともだ。「寿司を見られた」なんてまるで意味不明、ちんぷんかんぷんだろう。

たぶんあの時。

『うるせえブス』

初対面のあの時、落としてしまったのだ。お嬢様からもらった寿司の絵を……。

寿司の絵を！

イーディスは額に手を当てて、大きなため息をついた。

「それから、私の件ですが、今日のところはひとまず見逃すと仰っておりました」

「どういうこと⁉」

「手は引くけれど諦めてはいないと」

グレイスは両手を挙げて天を仰いだ。そして遠くでシャンパンを飲んでいるモンテナ男を見た。

「こんなにきっぱりお断りしたのに……！」

いつか必ず買収する、と言われたことは伏せておいた。お嬢様にこれ以上の衝撃を与えるべきではない。

「会社間の交流に影響はないでしょうが、都度お声がかかるかもしれないってことですね」

「ハァー！」

グレイスは顔を覆って大きなため息をつく――気持ちは痛いほどわかるが、イーディスは令嬢の袖《そで》を引き、まだ公衆の面前であることを教えた。

「お嬢様。まだ夜会は続いておりますよ」

グレイスはハッとしたように背筋を伸ばした。会場の人は増え、一層絢爛《けんらん》さを増している。まだ挨拶《あいさつ》回りの済んでいない企業もあるだろうし、何よりここは出会いの場。青いドレスを翻して、グレイスはイーディスの腕を抱きしめる。

「まあいいわ！　いいことにする、とりあえずあなたはこれからも私のメイドなんだから」

「もちろんです。……もちろんですとも」

イーディスがグレイスの顔を見つめたその時。

会場の一角を占めていた楽団が音楽を奏で始める。ダンスが始まったのだ。

貴婦人たちは男性たちに、ダンスフロアへといざなわれる。真っ先に踊り出したのは、主催の孫娘マリーナ・モンテスター。彼女が踊り出したため、次々ダンスペアが成立していく。グレイスは、先ほどのアルベルトに声をかけられた。

「一曲踊っていただけますか」

「ええ、よろこんで！」

グレイスがちらりと「応援して！」と言いたげなまなざしを寄越した。イーディスは小さくガッツポーズを作ってみせた。

――お嬢様、頑張って！

音楽は穏やかにグレイスをさらっていく。真っ青なドレスと銀色の髪が、どんな淑女よりも輝いて見えて、イーディスは誇らしかった。マグノリア夫人に泣くまで仕込まれたというダンスは、彼女をより品のある女性に見せている。この場にいる誰もが、まさかこの麗しい少女の部屋が汚部屋《おべや》だなんて思わないだろう。この場この時において、グレイスフィール・オルタンツィアは完璧《かんぺき》だ。

――私にはとてもできないわ……優雅すぎる……さすがお嬢様……。

『そんなにフロアを見つめて。お前は踊らないのか？』

手を握り合わせて感動していたイーディスの横から、聞きたくない声が降ってきた。

——うげ、出た。

『……貴方《あなた》こそ、ご令嬢と懇意《こんい》になるいい機会なのでは？』

出したくもないのに棘《とげ》が出てしまう。ツェツァン専務だ。いったい何をしに突っかかってきたのだろう。イーディスは皮肉たっぷりに告げる。『そのためにいらしているのではないのですか。こんなメイドを捕まえて、お暇でもないでしょうに』

ツェツァンはゆるりと黒い瞳《ひとみ》をイーディスに向けた。組んだ手の上で、指をとんとんと動かす。

『……で、お前は踊らないのか？』

『たかがメイドですので』

それを聞いて、彼はむっと唇を引き結んだ。

『メイドじゃない。通訳だろう。……俺はお前が滑稽《こっけい》に踊る姿を見たいんだが』

『嫌です。通訳でも、メイドですので』

『なら、俺と——……』

ツェツァンが何事か言おうとした時、グレイスが一曲終えてイーディスのもとに帰ってきた。グレイスは瞬時に場を読み取り、ツェツァンの高い背を見上げた。

『一曲踊ってくださいませんか？』

ツェツァンに向けて膝《ひざ》を折る。社交界において、女性側からダンスに誘うなどということはめったにない。グレイスからそんな型破りな誘いがあっては、さすがのツェツァンも断れないのだろう。優雅にレスティア式の礼をとって、ダンスフロアに出ていく。先ほど何を言いかけていたのか、とイーディスは首を傾げたが、まあ、あの性悪男の言うことだから、嫌味か何かだろう、と高をくった。それよりもダンスフロアだ。

見た目が中国マフィアとはいえ、目立つ風貌《ふうぼう》に整った面差しだから、グレイスに引けを取らない絢爛さで周りを圧倒する。気づけば、踊っているのは二人だけになってしまった。誰もがグレイスとツェツァンに見惚《みと》れていた。

――ツェツァンは家の名前だったわよね。名前は確か……ユーリ。ユーリって顔じゃないけど。

イーディスはしげしげと二人のダンスを見ていた。お嬢様といけすかないモンテナ野郎のダンス。知った二人なのに、何よりも輝いていた。

――あの人たち、本当はとっても遠い存在なんだよね……。

ここは本来、イーディスのような下級メイドが来るところではない。仮にパーティーを主催する側だったとしても、ホールになんか出てこられない。よくてホールの掃除係。悪くて食器洗い係――。

――居心地が、よくないな……。

自分は異物だ。きらきらした宝石の中に紛れ込んでしまった石ころに過ぎない。本来はここにいることさえできない。イーディスがそっと目を伏せた時、音楽が終わり、フロアの中央で二人が礼をした。拍手が沸き起こり、イーディスも慌てて拍手をした。

「熱烈なお誘いだったわね」

ジュースを飲みながらくすくす笑うグレイスを前に、イーディスはきっぱりと答えた。

「あれはナンパ野郎です。きっと、私のような野暮《やぼ》ったいメイドをからかうのが趣味なんでしょう」

「もう、イーディスったら……」

グレイスは眉《まゆ》を下げて笑った。「そこまで自分を卑下する必要はないのよ」

お嬢様はそう言うかもしれない。けれど――イーディスは口をつぐみ、目立っているツェツァンを見やった。令嬢たちに囲まれている。営業用なのか、先ほどとは打って変わった優美な微笑《ほほえ》みを浮かべているのが小憎らしい。

――顔はとってもいいのよ。顔はね……。中身に難があるだけ。

壁際に立つイーディスを見たモンテナ男は、視線を感じ取るや、歯を剥《む》いてにやっと笑った。

――訂正。最悪。

イーディスはつんと顔を逸《そ》らした。卑しい立場だと思ってからかっているのだろう。気にしないに限る。

それよりも、くだんのヒロイン――マリーナ・モンテスターだ。

「お嬢様。そういえばマリーナ様へのご挨拶はまだでしたよね？」

「……ええ」

グレイスの顔には緊張の色が見て取れた。

「油断ならない相手なのよ。なにせ……何もわからないから」

「何もわからない？」

令嬢は問い返すイーディスには応えず、きっと顔をあげて、前を向いた。

「行くわよイーディス、ついてきて」

「は、はい」

ドレスの長い裾《すそ》を片手で持って、足早にフロアを移動していく。人波の中、この全員が全て上流階級の人間だと思うと、イーディスはめまいがした。

マリーナは常に誰かに話しかけられていた。夜会のホストの孫娘とあって、引く手あまただ。周りには常に若い男性が侍《はべ》り、彼女にかわるがわるジュースを注いでいるし、女性たちは自然と彼女に傅《かしず》くように礼をする。ここでは彼女が姫君《ヒロイン》だ。グレイスはまっすぐ彼女のもとに歩み寄ると、順番を待ち、そしてゆっくり頭《こうべ》を垂れた。

「マリーナ様。ご挨拶が遅れました。わたくし、オルタンツィア製紙のグレイスフィール・オルタンツィアと申します」

「まあ。……先ほどはお見苦しいところをお見せして、申し訳ありませんでした」

ツェツァンとの一幕のことを言っているのだろう。マリーナは眉を下げて小さな手を握り合わせた。大きなハシバミ色の瞳が、イーディスを見つめた。彼女の動きに合わせて、ふわふわしたおくれ毛が揺れる。どこをとっても何をとっても、目を奪われてしまう。

彼女が、マリーナ・モンテスター。この世界のヒロイン。

「モンテナは祖父の祖国なのですけれど、言葉が解《わか》らなくて……腕のいい通訳さんがいてくださっ

て助かりましたわ」

「わたくしの通訳がお役に立てたようで何よりですわ。ね、イーディス」

イーディスは慌てて頭を下げる。グレイスは微笑んで顔をあげた。

「当家は末永く商工会の一員として活動してまいりたいと考えております。本日欠席した兄も同じ思いです」

「社長様は、何かお身体に障るようなことがあったのですか？」

マリーナが首を傾げて問うた。イーディスはぎょっとして、次にはらはらした。

マリーナは「商工会の誘いを断る相応の理由があるのだろう？」と聞いているのだ。下手《へた》な返事はできない。まさか、「マリーナとヴィンセントを会わせたくなかったからです！」なんて正直なことは言えない。グレイスももちろんわかっている。肩を丸め、項垂《うなだ》れる様子を見せてから、ゆっくりと切り出した。

「兄は最近とみに心の調子がよくありませんの。あまりに神経質が過ぎるので、少し休養をと」

「まあ。……心配です」

マリーナは長いまつげを伏せた。

「会社運営というのは一筋縄ではいかないもの。オルタンツィアさまは特に、お若い頃から……確か十五の頃から社長の座についていらっしゃるでしょう？」

「よく……ご存じでいらっしゃいますね」

グレイスが静かに呟《つぶや》いた。

「会員の皆様のことは頭に入れるようにとおじいさまが仰《おつしや》るので。……ともあれ、一度でいいからお会いしてみたかったのです。残念ですわ。ヴィンセント・オルタンツィアさま……」

イーディスは寒気を覚えた。抗いようのない何かが、この場に流れているのを感じた。

マリーナ《ヒロイン》は、ヴィンセントを欲している。

「また機会がありましたら、ご紹介いたしますわ。……今日のところは、お許しください」

いくぶんか表情の硬いグレイスが、ぎこちなく言った。マリーナは微笑み、緩やかに黒髪を揺らして笑顔を見せた。

「ええ。今晩はぜひ楽しんでください。グレイスフィールさま」

「はい、ありがとうございます」

礼をして引き返す途中で、グレイスが口走った。

「完ッ璧すぎるッ！」

グレイスは汗をにじませた顔で振り返る。「アレがマリーナ・モンテスターよ。わかった？」

「な、なんとなく……」

「非の打ち所がない！ ちょっとおまぬけでドジだけど勉強家、なんでもそつなくこなす優等生、嫌味のない笑顔！ チート令嬢！ それが！ マリーナ！」

「お嬢様、まだ夜会は続いておりますよ……」

大げさなジェスチャーは人の目を引く。イーディスは頭を掻《か》きむしらんばかりのグレイスを壁際まで引っ張っていく。うまいこと人の波で死角になっているそこへ二人滑り込んで、ひそひそと囁《ささや》き合う。

「……大丈夫ですか？」

「大丈夫じゃない、何も大丈夫じゃない、完璧すぎる、誰にでも好かれるヒロイン……だってそうデザインしちゃったんだもの‼　ムカつく〜〜‼」

青い顔をしてグレイスは自分を抱きしめたり頭を抱えたりした。軽くパニックに陥っている。

「こんなの無理よ、悪役令嬢ルートまっしぐらよ、私は悪役令嬢になってしまってお兄様に追放されるのよ、ざまぁされてしまうのよ‼　そんなのって……！」

イーディスは思わずグレイスの両肩を掴《つか》んだ。不敬サイレンは鳴らなかった。

「お嬢様！　まず落ち着いてください。……まだヴィンセント様はマリーナ様を知りません」

筋書きでは確かこうだ。マリーナと出会ったヴィンセントは恋に落ちてしまう。マリーナもまた、自分を助けてくれたヴィンセントに恋をする。その場で二人は両想いになる。

「出会うことのない二人の間にイベントは発生しえません。まず、この場を乗り切りましょう」

「そうなのだけど……」グレイスは苦いものを思い切り噛《か》んだような顔でフロアを見渡した。

先ほどまで咲き誇っていた青薔薇《ばら》はしおれたようにうつむいていた。イーディスはさっと視線を巡らして、テーブルの上の飲み物に照準を絞る。

「気分を変えましょう。何か飲み物を取ってまいります。リクエストはございますか」

「……ジンジャーティー、あるかしら。なかったら別のものでもいいわ。温かいものがいい……」

「かしこまりました。探してまいりますね。この付近にいらしてください」

7

イーディスはドレスを掴み、ひとり、人の波の中に乗り出した。お嬢様の覇気がなくては、この夜会を乗り切れないだろう。どうにかしてヒロインにあてられてしまったお嬢様を元気づけなければならない。

――ジンジャーティーはないみたいね。温かい飲み物というと……。

イーディスはあたりを見回し、料理の向こうのテーブルに目をつける。向こうにいくつか、紅茶のサーバーが置いてある。テーブルには給仕《メイド》がついていて、紅茶を求めるお客に一杯ずつ紅茶を注いでいた。さすが、モンテナに伝手《つて》のある貴族だ。オルタンツィアのような成金と違って、お金のかけ方が違う。給仕の制服《イヴニングドレス》一つをとっても、生地から上等なものだとわかる。海老茶《えびちゃ》色の上品な色合い。そして真っ白なエプロンにはフリルがふんだんにあしらわれている。勤め先が違えば、何もかも違う。そんなことはわかり切っていた。

「紅茶のおすすめを一つお願いします。ミルクが合うものを。淹れたてだとうれしいです」

イーディスはそう給仕に声をかけて、彼女が準備をする間、フロアを観察した。

ヴィンセントの友人たちはグレイスの言う通りマリーナの周りにまとわりついている。マリーナも悪い気はしないようで、そのやわらかそうな指を口元に当てて笑っている。

――そのままの勢いで誰かとくっつけば問題解決なんだけれど、そうはならないのよね……。

それからイーディスはもう一人のハーレム構成員ことモンテナ野郎《ユーリ・ツェツァン》を探した。背の高い中国マフィアもどきは、マリーナから距離を置いて、静かに立食テーブルの前にいたが――どういうわけかこっちを見ていた。

――げえっ。なんでよ。

イーディスは慌てて顔をそむけた。そして、淹れたてのミルクティーを手に、フロアを横断する。黒い瞳から逃げるように、主のもとへと戻る。

「おかえり。……どうしたの、そんな顔して」

そんな顔とはどんな顔だろう。

「いえなんでもありませんなんでも」早口で言って、イーディスはグレイスに紅茶を差し出した。

「ジンジャーティーはなかったので。ミルクの合う紅茶を頂いてきました。いかがでしょう?」

「ありがとう、イーディス。さすがね」

グレイスは大きく息をついて、それから壁に寄りかかると、ひときわ盛り上がっているマリーナの周囲をじっと見た。

「冷静に考えて。もし、本当に私の筋書き通りだったら……もうすぐ始まると思うんだけれど」

イーディスは聞かずともわかっていた。グレイスは青い瞳《ひとみ》を細めた。険しい表情だった。

「まだかしら。イベント」

グレイスの筋書きの通りなら、この後流星が降ってくる。そしてマリーナは――イーディスやグレイスがそうだったように——現世と前世の記憶の混濁を起こし、倒れる。それを、ヴィンセントが支えて、別室に運んで……二人の仲が進展していく。純真無垢《むく》な主人公「細波星奈《さざなみせいな》」は、ヴィンセントの美しい顔を見て異世界転生を自覚するのだ。

「まさかお兄様《ヴィンセント》がいないと始まらないとか、そういうのじゃないでしょうね……！」

銀髪をぐしゃぐしゃ掻きむしりそうになるグレイスの手を、イーディスははっしと掴んで止めた。

「お嬢様！　まだ夜会は続いておりますよ！」

「そうだったわ、……前世からの癖で……」

グレイスは髪飾りを直す振りをしながら、すっと背筋を伸ばした。

「とりあえず、グレイスフィールとして、わたくしにできることをやってから様子を見ましょう。星は必ず降る。必ず」

グレイスは飲み終えたカップをイーディスに渡すと、ドレスを翻した。

「一通りご挨拶《あいさつ》をしてくるわ。……イベントが始まったら、その時はその時よ」

「あの、私は、」

「カップを片付けてちょうだい。……あなたは少し、休んでいてもいいわ。気づいてないかもしれないけど、ダンスの後からずうっと、顔が強張《こわば》ってるわよ」

イーディスは思わず頬に手をやった。グレイスは気遣うように小さく笑う。

「大丈夫。よちよち歩きの子供じゃないのだから、後ろにぴったりくっついていなくても平気よ。……でも、呼んだら来てちょうだいね」

「かしこまりました」

「じゃあ、あとで」

グレイスはひらりと手を振って、やや駆け足でフロアを横断していった。イーディスもまた、渡されたソーサーとカップを給仕のメイドに渡すと、壁際から社交界を眺めることに徹する。

花のような女性たち。凛々《りり》しく着飾った紳士たち。誰もかれもが縁を探して、ここに集う。イーディスは先ほどから居座っている居心地の悪さを再確認しながら、自分のつま先を見た。

宙に浮いているみたい。たかがハウスメイドの分際で、こんなところにまで来てしまった。白鳥の群れに紛れ込んだアヒルみたいだ。

グレイスはマリーナ・ハーレムの三人組と合流して歓談していた。あのツェツァンですら、婦人たちを相手どって何かを語っている。メイドたちは粛々と働いていて、イーディスは壁の花で。

――私にしかできないことってなんだろう。

『どこかから神様が迷子の魂を呼ぶの。そして魂は、生まれてくる子の中に宿って、新しい人生を生き直すとされている――』

グレイスの編んだ神話が蘇《よみがえ》ってくる。『するべきことをするために、魂はやってくる』

――私のするべきことって、なんだろう……。

手袋の下に隠したあかぎれだらけの手を思い出して、かぶりを振る。こんなところに来てまで自分の環境や境遇を憂いてどうするのだ。しっかりしろ、イーディス！

「とりあえず、私にできることを……、」

「イベント」はまだか、とマリーナを見たその時、イーディスは「あること」に気づいた。

彼女は……よくよく見なくとも、だらだらと汗を掻いていた。頬は上気して少し赤い。おだやかな表情こそ崩れないものの、ひどくつらそうに見える。あんなに尋常でない汗を掻いているのに……御付きは？　給仕は。気づかないのだろうか。誰も？

そこでイーディスは思い出した。流星の夜をきっかけに、自分が三日三晩熱を出して寝込んだことを。

——イベントは、ひょっとしてもう始まっているんじゃないの⁉

ドレスを思いきり持ち上げて、イーディスは駆けた。人の波をかき分け、テーブルに腰をぶつけながら、マリーナのもとへ走る。

「失礼、ごめんなさい、すみません、……マリーナ様！」

人に囲まれて——ハシバミ色の瞳が熱に潤んでいた。イーディスは確信とともに、マリーナの膝《ひざ》元《もと》にしゃがみ込み、下から彼女を見上げた。

「おつらくないですか。先ほどから、ずっと体調がすぐれないようでしたので、お声をかけさせていただきました。御付きのメイドをお呼びしますか……っ！」

マリーナはそれを聞き、ぷっつり糸の切れた人形のようにイーディスへ倒れ込んできた。

慌てて抱きかかえた彼女の吐息は熱い。本当に限界だったのだろう。

イーディスに「それ」を言い当てられただけで、安心して倒れてしまうのだから。

「マリーナ様！　……誰か。誰か！」

同じ十六歳、いくらイーディスが力仕事に慣れたメイドとはいえ、この重さの令嬢を抱えて運ぶには少し苦しい。普段のメイド服ならまだしも、お嬢様から借りているこのドレスでは、どうやったって不可能だ。イーディスはマリーナを抱えたまま声を張り上げた。

「どなたか！」

けれど誰も動かない。誰一人動かない。

「誰か！」

目が遇っても逸《そ》らされる。「イベント」だから動けないのかもしれない、と思い至った時、イーディスの中で何かがほとばしった。

「誰か手を貸してください！　どなたか！　マリーナ様を……ッ、『ちょっと！　聞こえてるんでしょう！　ユーリ！　さっきからじろじろ見てばっかりいないで手を貸しなさいよ！』」

突然のことに誰もが動けないでいる中で。

『今、我《おれ》を呼んだな？　イーディス』

ユーリ・ツェツァン。マリーナのハーレムの一員――きっとこの場で動けて、イーディスの言うことを聞いてくれそうな人物。彼しかいなかった。

名前まで呼んだから当然なのだけれど。イーディスは内心舌打ちをした。

『彼女も前世を持つものです。発熱していらっしゃいます。お休みできる安全な場所まで運んでください』

『解《わか》った。……どこかに寝かせる場所はあるだろうか』

軽々とマリーナを抱え上げたモンテナ男は、イーディスに尋ねる。イーディスも知りようがないので、紅茶を給仕していたメイドを呼んで、ユーリを部屋まで案内してもらうことにした。メイドのあとをついていくユーリを見送りながら、イーディスは気が気でない。

「何があったの？」

近寄ってきたグレイスがイーディスに尋ねる。イーディスは手短に答えた。

「簡単に言うと……流星はもう降っていたようです」

「そうだったのね……」

騒然とするフロアの中で、グレイスが呟《つぶや》く。

「お兄様が助けるはずだったマリーナは、別の人に助けられた。運んだのはツェツァン専務ね。これで一応、筋書きからは逸れたことになる。マリーナはヴィンセントに出会わない。ヴィンセントはマリーナに恋をしない……」

「私、マリーナ様の様子を見てまいります」

イーディスが言うと、グレイスは首を横に振った。

「あとは屋敷の者に任せておけばいいのよ。ここにだってメイドはいるし、マリーナにだって御付きがいるはずでしょう。それに、ツェツァン専務もいらっしゃることですし――」

「でも、運んだのはあの野郎ですよ⁉　マリーナ様に何かしないとも限らないじゃないですか。あの野獣が何かしないように見張っておかないと」

グレイスは何とも言えない表情でイーディスを見つめ返した。呆《あき》れているというか、

「なんというか……冴《さ》えてるようでいて鈍いのね、イーディスって」

「え？」

「いい顔してるわよって言ってるの。いいわ。許します。……ツェツァン専務を見張っておいで」

お嬢様の許しを得たイーディスは、跳ねるように駆けていく。グレイスはそれを見送りながら、頭を掻《か》きむしろうとして、慌てて髪飾りに触れた。

「……ほんとに、鈍いのね。イーディスって」

8

女給からマリーナの行き先を聞いたイーディスは、駆け足でモンテスター翁《おう》の屋敷の廊下を行く。すっかり慣れたドレス捌《さば》きも、今は人の目がないため好き放題暴れ放題だ。すっかり乱れてしまったドレスの裾《すそ》はあとで直すとして。

「……マリーナ様！」

ドアをノックするのもそこそこに、扉を押し開ける。真っ暗な室内には二人掛けのソファ、そこにマリーナが寝かされていた。彼女の体にはあの、ふさふさの毛皮のストールが掛けられており、その上着の主は、窓際でカーテンを開いて空を見上げていた。

『レスティアでは、流星の降る夜には何かが起こると言うそうだな。――本当に起こった』

ユーリはゆっくりと振り返ってまた歯を剥《む》いて笑った。イーディスは眉根《まゆね》を寄せて、ドアを後ろ手に閉めた。『流星の子』との会話を誰かに聞かれては後々困ると思ったからだ。他意はない。

『……その笑い方、どなたか令嬢と懇意になる前にどうにかした方がいいですよ。お相手を怯《おび》えさせるだけだと思います』

ユーリは何も言わずに、再びめくりあげたカーテンの外を見た。次々と夜空を滑っていく大粒の光が、イーディスの目にも見えた。

『我《おれ》が俺を認識したのは五つの時だ』

ユーリはカーテンを閉めた。『その時から、俺の人生は何かに縛られて生きていくのだと悟った。電車のレールのように、我《おれ》の歩みは舗装されていた。占い師は言った――我《おれ》は無能な兄たちの代わりにツェツァンの名を継いで、そしてこのレスティアの地で運命と出会うだろうと』

イーディスの顔を見たユーリは、こちらへゆったりと歩み寄ってくる。イーディスはその端整な顔をじっと見上げた。

『運命……マリーナ様のことですか』

『フン』ユーリは鼻を鳴らしてイーディスを見下ろす。『どう思う?』

『どうもこうも……貴方《あなた》はご存じですか。この世界の筋書きのことについて。筋書きがあることについて。……「するべきことをするため」この世界に呼ばれる、魂について』

『知らん』

『私たちは、彼らを「流星の子」と呼んでいます。貴方も、私も、それに当てはまる』

そしてユーリ・ツェツァンというキャラクターは筋書きの上にいる。……いずれヒロイン・マリーナに心を奪われる運命なのだ。そうイーディスが言いかけた時、

『……知らん。知るつもりもない。ただ、イーディス。もう一度言う』

ユーリの顔が近い。真上から覗《のぞ》き込まれる。――耳にかけられていた長い前髪の一部が、イーディスの頬に触れた。

『我《おれ》とモンテナに来い。今よりよい待遇を約束する』

『なぜです。なぜ私でなければならないのですか』

イーディスは間近から彼の眼を見つめ返した。真っ黒な瞳の奥に、かすかに星の光が散っていた。

『他の方でもいいじゃありませんか。マリーナ嬢もいらっしゃるのに』

『……お前がいいと言っている』

イーディスが一歩引こうとすると、ユーリの腕が腰に回されている。それに気づいて、イーディスはその手を瞬時に払い落とした。

『……』

イーディスはユーリからたっぷり距離をとると、ドアを開けた。

『何が貴方のお気に召したのか存じ上げませんが、私はオルタンツィアの家でいっとうできないメイドです。ツェツァンの名に傷がつきますよ、それでも良いのですか』

『構わん』

払われた手を撫《な》でながら、ユーリはゆっくりと告げた。

『あの日お前が、とんでもない格好で出てきたあの瞬間から。……我《おれ》は何か、目が覚めたようなのだ。うっすらとかかっていた靄《もや》が晴れたような。……破れない殻を、外側から叩《たた》かれたような』

そこまで言われて、何も感じないイーディスではなかった。

『……我《おれ》の前に敷かれたレールを叩き壊してくれそうな気がしてな。お前となら、好《い》い景色が見られそうな気がする、今もそう感じている』

『……それって』

――私は、ユーリ・ツェツァンというキャラクターに干渉をしてしまったのだろうか？

ユーリは、マリーナのことを好きになる。筋書き上、いずれそうなる。たとえ今、どんなにイーディスのことを気に入っていたとしても。

『……ユーリ。貴方はいずれ、マリーナ嬢を愛するようになるでしょう』

『――お前、自分が何を言われているかわかっているのか？　我《おれ》はお前を――』

『聞いて』イーディスは両拳《こぶし》を握り締めた。

『この世界は筋書きの決まった物語で。いずれ、貴方は――そうなるの』

ユーリはいずれ、恋に破れる。ヴィンセントとマリーナが結ばれて。グレイスは追放されて――。

『だから、私は、……物語を変えようと思ってる。できるかどうかは、わからないけど。だから、行けない。モンテナへは行かない。やるべきことがある』

『……つまらん』

ユーリはドアの方へと歩みよって、イーディスを振り返った。

『ならば俺は俺でその物語とやらに抗《あらが》ってみせよう。「流星の子」として』

『ユーリ、』

『イーディス・アンダント。俺はお前を諦《あきら》めない。絶対に。——この人生を懸けて、お前を追いかけてやる』

ユーリはあの、歯を剥くような笑い方をした。そして黒髪をなびかせて、廊下へと姿を消した。

イーディスはしばらく放心したようにユーリの消えたドアを見つめていた。そして、数万歩ほど遅れて、ようやくユーリの言っていたことの意味に気づき始めた。


「……つまり、好きってこと？」


イーディスは自分で口にしてから、思い切りかぶりを振った。

「いやいやないない。ないないない。ないわ。絶対ないわ」

空いているソファに腰かけて、両頬をぱちんと叩いて、眠っているマリーナに向き直る。今まさに、前世のことを思い出しているのかもしれない。

「……そういえば、マリーナ様の御付きって、今どこで何をしてるのかしら」

こうした緊急事態ならば真っ先に飛んでこなければならないだろうに。イーディスは近くにいるメイドに声をかけるべきか、それともこの場でヒロインを見守っているべきか、迷い——そうしているうちに、誰かがこちらへ足早に来ていることに気づいた。

「マリーナお嬢様！」

誰かが部屋に入ってくる。イーディスは助けが来たとばかりに立ち上がった。

「ああ、このお屋敷の方ですか？　今は落ち着いていらっしゃいま……」

廊下の逆光は、そのメイドの顔を黒く塗りつぶしていた。けれど、イーディスは気づかない方がおかしかった。彼女のその声、その顔、その髪型……。

呆然《ぼうぜん》とするイーディスの口が、その名をこぼした。

「……ロージィ？」

ローズマリー・アンダントは、イーディスの姿を認め、暗がりで目を見開いた。

「イーディス？　あなたがどうしてここに？」

「ロージィ姉さん！　ずっと心配してたのよ！」

イーディスは飛び跳ねるように立ち上がって、彼女の腕に縋《すが》りついた。

「急に何も言わずにいなくなっちゃうから、心配したわ。会えてよかった……！」

「……イーディス」

ロージィはそっとイーディスを押しのけて、マリーナのもとへ駆け寄った。その額に触れ、顔の汗を拭《ふ》き……そしてイーディスに向かって、こう言った。

「お嬢様を介抱していただき感謝申し上げます。ここから先は私が。ですので、お客様はホールにお戻りいただいて結構です」

「……ロージィ?」

他人行儀な姉の態度に、イーディスは困惑した。てっきり、イーディスと同じ気持ちでいてくれていると思ったから――。

「どうして、」

「……イーディス。あなたも人に仕える身なら聞き分けて。もう私はあなたの姉じゃない」

ロージィは冷たい声音で言った。

「それとも、こんな簡単なことが、わからないの?」

イーディスは凍り付いた。わかる。ロージィの立場にいたら、イーディスもそうすると思う。だけど、……つかの間の姉妹の再会すら喜べないなんて。姉だと、妹だと思っていたのはイーディスだけだったのだろうか?

「姉さん……あの、あのね……」

「お引き取りください」

ローズマリーの硬質な声が響き、イーディスは部屋から追い出された。

第三章

1

『イーディス、イーディス。そんなに泣かないの。クビにならなかったんだから、良かったじゃない。……まだこのお屋敷に居られるってことよ。お給料が少なくなるけれど、まだ挽回《ばんかい》できるのよ。ほら、涙を拭いて。大丈夫。大丈夫よ……』

知っていた。金皿十枚を叩き割ってしまった時、ロージィが言葉を尽くしてメイド長を説得してくれたこと。ロージィが少額ながらも、新しい高級皿を買うお金を出してくれたこと。そのおかげでイーディスの首はかろうじて繋《つな》がったということ。

全部知っているから、イーディスはなおつらかった。

『お引き取りください』

普段より数刻早く目覚めて、イーディスは一人っきりの部屋の中に放り出されてしまう。二人で一部屋あてがわれている地下の一室は、二人で住むには狭いけれど、一人で住むには心細い。イーディスはあの夜会以来、それを思い出してしまった。

ロージィと身を寄せ合って眠ったベッドが広いこと。つらいことを分かち合う相手がいないこと。

「……姉さん」

暗い部屋の隅で、丸く身体を縮める。


あの夜会以後、イーディスは定期的にお嬢様の御付きのような仕事を振られるようになっていた。グレイスもグレイスで前より活発に動き回り、いるかどうかわからない、「幽霊」とまで呼ばれた存在感の薄さを払しょくして余りある。ヴィンセントと食事を共にし、時折外に出てスケッチをするなど、使用人の目のつくところにいることが多くなった。しかし、汚部屋《おべや》の掃除は一向にさせてもらえずにいる。ああだこうだと理由をつけて断られてしまうのだ。

イーディスは庭先に出て木のスケッチをする令嬢を窓から見下ろした。物事は良い方向へと転がっているように思われるが――。

『お引き取りください』

あの毅然《きぜん》とした態度が頭から離れずにいる。イーディスだけがあの夜会のあの部屋に取り残されているのだった。


そんなわけで、お嬢様のお呼びがかからない。そしてお部屋の掃除もできない。文字通りすることがないイーディスは、厨房《ちゅうぼう》でデアンと暇をつぶしていた。けたたましい令嬢の叫び声が聞こえてきたのはその日の昼過ぎのことだ。

「イーディス！　イーディス！　どうしよう、どうしましょう！」

デアンが跳《と》び上がって、脱いでいた帽子を被《かぶ》りなおす。イーディスは立ち上がると、真っ青になってぶるぶる震えているグレイスを厨房から連れ出した。

「どうなさったんです?」

「見て、見てこれ、見てッ」

グレイスは二、三枚の便箋《びんせん》を見せた。けれどイーディスには読めなかった。

「あの、これは……?」

「ともかく部屋に行きましょう。ダメだわ、もうだめだわ、おしまいよ。おしまい!」

グレイスがここまで投げやりになるとは何事だろう。イーディスは目を凝らして、その便箋の最後の署名を見た。「マ、リー、ナ。マリーナ様?」

嵐のように過ぎ去っていった令嬢を前に、デアンは目を白黒させた。

「料理長。あの方、本当に幽霊令嬢様、でいらっしゃいますか?」

「ちがう。グレイスフィール様だ、デアン。そんな呼び名はもう過去のものだ」

料理長はデアンの手元からクッキーを一つつまんだ。

「ああ、お嬢様も。ご両親を亡くされたショックから立ち直られたんだなぁ……」

グレイスに汚部屋に導かれたイーディスは、マリーナからの手紙を読み聞かせられた。

「親愛なるオルタンツィア家の皆さま。夜会の夜は大変な失礼をいたしました。通訳の方に介抱していただいたと聞き及んでおります。彼女に一言お礼を。あの夜はありがとうございました……」

「これの何が問題なんですか？」イーディスは途中で口を挟んだ。グレイスは黙って首を横に振り、続きを読み進めていく。

「さて、この度こうしてわたくしが筆を執りましたのは、今度開催するわたくしのサロンに、ヴィンセント様とグレイスフィール様をお招きしたいと思ってのことです。予定とお時間さえ合うようでしたら、あの夜のお礼として心ばかりのおもてなしをしたいと考えており……」

「えっ」

「名指しよ」グレイスは天を仰いだ。「名指しなのよ。お兄様とわたくし。二人呼ばれてるのよ。どうすればいいのよ。お兄様は出る気まんまんよ。……ツェツァン社とのあれこれがなくなったから余計、やる気に満ち満ちているわ」

「ええ⁉」

イーディスは思わず叫んだ。

「ダメじゃないですか！」

「ちくしょう！　マリーナと、お兄様が、出会ってしまうじゃないの！」

グレイスは半泣きだ。「私、こんなの筋書きに書いてない。回避したと思ったのに……！」

「……物語はまだ続いてる、ってことですね」

イーディスは冷静に、努めて冷静に状況を整理していく。

「マリーナ様はおそらく、前世を思い出しておいでです。そのうえで、ヴィンセント様とグレイス様をお招きして、サロン？　を開催すると。マリーナ様はまだ、物語の筋書きに従って動いている……？」

「知らないわよ、考えてもいない物語の先なんて……」

グレイスはすでにベッドの上に屍《しかばね》のようにうつぶせている。そして、令嬢らしからぬ奇怪な動きでベッドの上をごろごろ往復し始めた。ダメだ、諦《あきら》めている。

イーディスは読めない手紙を前に、じっと考え込んだ。

「……グレイス様。二人が破局すれば物語は終わるのでは？」

「破局？」

「はい。この筋書きは、ヴィンセント様とマリーナ様の恋愛ものです。それがいったん破局すれば、物語自体は終わるのではないでしょうか。つまり、お嬢様が悪役令嬢ざまぁ枠として追放される危険もなくなる」

「どうやって破局させるの？」

「そこまでは……お嬢様、お心当たりは？」

グレイスはそれを聞いて枕に頭を打ち付け始めた。

「お嬢様、めちゃめちゃ埃《ほこり》が立ってます」

「……もうやだ。どうすればいいの。ここでマリーナ以上のヒロインか何かが出てきてごらんなさいよ。お兄様とそいつがくっついたら、ただマリーナがそいつに代わっただけじゃない。私、どうやったって悪役令嬢よ。追放よ。ざまぁよ。筋書き通り路頭に迷うしかないわ。そしてそのまま死ぬのよ……」

令嬢はいつも最悪のルートを見据えている。イーディスは確かめるように、彼女を覗《のぞ》き込んだ。

「お嬢様がヴィンセント様を諦める選択肢は、ないんですよね」

「ないわ……ない……諦められる自信がないもの……」

グレイスは埃っぽい枕に顔を伏せたまま呟《つぶや》いた。

「お兄様は私の居場所。誰にも渡さない……って『グレイスフィール』が言うのよ。これは変えられない、変わらないの」

お嬢様もまた、筋書きの影響を受けているのだろう。「そういう設定」という枷《かせ》からはなかなか抜け出すことができない。ということは。

――原作に居ないキャラクターがどうにかするしかないのではないか。

つまるところ、イーディスだ。けれど、一介のメイドに何ができるというのだろう?

「……そのサロンの日程は、いつでしたっけ?」

「一週間後だそうよ。お兄様はとっくに予定を空けてあるし、私もそうするように言われたわ。

――ちなみに、ツェツァン専務もお呼ばれしているらしいわ」

思い出したようにグレイスが付け加える。

「その情報、必要あります……?」

うふふ、とうつぶせたまま、グレイスは笑った。

「ちなみに、あなたを連れていくようにお兄様に言ってあるから、そのつもりで」

「えっ」

「ツェツァン専務が来るのであれば、優秀な通訳が必要でしょう？　承諾させたから安心して」

なにが、「安心して」なのだろう。イーディスはグレイスの代わりに頭を抱えた。

――なんとかするしか、ない。やるしかない。

2

いろんなことを考える必要がある。腕組みをしてイーディスがお嬢様の部屋を出ると、三人娘たちが待ち構えたようにイーディスを取り囲んだ。エミリー、メアリー、ジェーン。それぞれ、ただならぬ雰囲気を漂わせ、イーディスを睨《にら》みつけている。……当然。イーディスが「お嬢様専門」メイドとなり、彼女たちは「御付き」を外されてしまったのだから。

「ちょっと、ツラ貸してくれる？」

若いジェーンがどすのきいた声でイーディスの腕を掴《つか》んだ。イーディスはひるまない。ただ、面倒なことになった、とばかり考えていた。

「いいわよ。ここはお嬢様の部屋の前だから、場所を変えましょう」

ぞろぞろとメイドたちは玄関ホールへと場所を移す。メアリーが口火を切った。

「いいご身分ね、金皿十枚のイーディス。さぞお嬢様に大事にされているんでしょう」

イーディスは無言のまま微笑《ほほえ》む。ジェーンとエミリーが気色ばんだ。メアリーはこめかみを引きつらせながら、イーディスの胸倉を掴んだ。

「生意気よ。無学で馬鹿で、どこにも使いでのない駄目《ポンコツ》メイドだったくせに」

「……よくわかってるわね。そうよ。私は駄目なメイドよ。けど、他人の仕事の邪魔はしないし、こうやって数に任せて一人を詰めたりするメイドではないわ。駄目なりに、与えられた仕事は最後まできっちりやる」

ひるまない。この程度でひるむイーディスではない。

「ふーん」エミリーは挑発的な視線をイーディスに向けた。そして、にやりと口角を吊り上げる。

「お人よしねえ。あんた、仕事もできないくせにそんなんだからローズマリーにも見限られるのよ」

「えっ」

イーディスはその時初めて動揺した。

「ロージィが何？　どうして……なに？」

「知らなかったの？」ジェーンが笑った。

エミリーが悪意たっぷりに告げる。

「あの日、ローズマリーは『馬鹿なイーディス』をおとりにして屋敷を抜け出したの。知らなかったの？　……そりゃあ、そうよね、言うわけないわね。あのいい子ちゃんのローズマリーが」

「……！」

衝撃が、足元に広がっていく。重力を忘れた身体が、動きを忘れた指先が、ふわふわと浮いていた。ああ、そうだったんだ……。イーディスの視界がぼんやりとにじんだ。その時。

はるか後方から、厳しい声が飛んできた。

「仕事をすっぽかして何やってるの。エミリー。誰が休んでいいと言ったのよ」

廊下の向こう側で仁王立ちしているのはアニーである。シエラがおとなしく、彼女のかげから様子をうかがっていた。

「カトラリーの洗浄は終わったの？　まだたくさんあるわよ。ね？　シエラ」

「メアリーも、ジェーンも、大丈夫？　玄関の磨き上げも、窓拭きの仕事も途中で放り出してるけど、ちゃんと夜までに終わる？　夕食に間に合う？」

アニーは皮肉たっぷりだが、シエラは本気で心配しているらしい。

「お、終わるわよ、終わらせる！」

アニーは、ここに集まったメイドの中で最もベテランだ。

年下の先輩に見つかったためか、三人娘はあからさまに驚いた。メアリーが顔を真っ赤にし、エミリーは唇を噛《か》んで、あかぎれだらけの手を見下ろした。あんなにやわらかくて綺麗《きれい》な手だったのに、あっという間に擦り切れて、ひどいありさまだ。カトラリーの洗浄は、屋敷の中でも一、二を争うつらい仕事だ。

「あのね、何度も言うけど」

アニーが三人に厳しい声音で言う。

「ここでは育ちとか、学の有無とか、通用しないから。お屋敷のハウスメイドは妖精《ようせい》みたいなものなの。いるけど、居ないの。わかる？　あなたたちいくらなんでもメイドの端くれなんだから、ハウスメイドの扱いくらいわかってるでしょ」

「でも……！」

ずたずたの手を見下ろしていたエミリーがそのまま顔を覆った。

「こんなの、つらい……！」

「そういう仕事なのよ、諦めなさい。ここがあなたの職場なんだから」

対するアニーはずばっと切り捨てた。

「シエラも、もちろん私も、弱音は吐くけどね。でも、ハウスメイドはやった仕事が全てよ。どれだけ綺麗にしたか。どれだけ整えたか。どれだけ貢献したか。それだけなの。……仕事に戻りましょう。こんなところで油を売ってたら、私たち一人残らずメイド長に叱られるわ」

そしてアニーはイーディスを見た。「ごめんなさい、うちのが迷惑をかけたでしょう」

イーディスは戻ってきた感覚の中で首を横に振った。

「ううん。大丈夫よ。そんなことより……ちょっと待っていて」

エミリーの手を見る。「あかぎれに効く塗り薬を持っているの。あなたにあげる」

「……」

「つらい仕事なのはわかる。私もやっていることだから。……だから、私にできたことが、あなたたちにできないわけないじゃない」

メアリーとジェーンが顔を見合わせた。エミリーは、ぽかんとイーディスを見た。

「あなたたちは優秀なんだから、大丈夫よ。きっと駄目メイドイーディスよりも、綺麗に窓や床を磨けるし、カトラリーの洗浄だってうまくやるわ。お皿も割らないし」

「イーディス……」

アニーは呟いて、ため息をつく。「ほんとにお人よしね」

「それでこそイーディスだよ」とシエラが言った。「そうじゃなかったらイーディスじゃないもん」

エミリーは呆《ほう》けたようにイーディスを見つめていた。塗り薬を「いらない」とは言わなかった。だからイーディスは、素早く自室から塗り薬の瓶を持ってきて、彼女の荒れた手に握らせた。

「仕事に貴賤はない」イーディスはメアリーの目を覗き込んだ。

「こんな職場で、こんな仕事で、こんな立場の私が言うことじゃないかもしれないのだけど。本当は仕事に貴賤なんかないのよ。屋敷を整える人がいるから、メイドの皆がいるから、この家は成り立つの。私のこの仕事は成り立つのよ」

誰もが、黙ってそれを聞いていた。

「それをよく覚えておいてほしい。……私にできないことを、皆が代わりにやってくれている」

「まったくもって綺麗事」アニーが言った。「でも悪くない。あたしたちハウスメイドだもの。それくらいの誇りは持っておきたいわね」

「えと。イーディスにはイーディスにしかできないことがあるんだものね」シエラが言った。「わたしも、わたしにしかできないことをやるよ。お掃除とか、お洗濯とか、いろいろ」

エミリーはイーディスに手渡された瓶をぎゅっと握りしめた。洟《はな》をすすり、イーディスをじっと見る。敵意はすっかり消えうせていた。ジェーンもメアリーも、エミリーの出方を待っていた。

「イ、イ、イーディス、あなた、前と別人みたいだわ。すごくいきいきしてる。変わったわ」

別人みたい、という言葉にぎくりとしながら、イーディスは話題を逸《そ》らそうとする。

「そんなことないわよ。エミリー。そう思うのは、きっとあなたが変わったから……」

「違う」エミリーは断言した。

「わたしが見下していた金皿十枚はもういない。何があなたを変えたんだろう……」


イーディスは三人が去った方をじっと見つめていた。そして、ロージィのことを考えた。

――ロージィ。

裏切られたかもしれない憤りよりも、悲しみばかりが先に立つ。イーディスはうつむいた。

――泣くな。……泣くな、イーディス。

奮い立たせるほど、落ち込みは激しくなっていく。

「……」

にじんだ涙を袖《そで》で拭《ぬぐ》って、大きく息をつく。

「よし、大丈夫。……大丈夫、うん」

その時だ。

「イーディス・アンダント」

静かな声とともに、鍵持《かぎ》ちのトーマスが、イーディスの肩を叩《たた》いた。

「あひゃあ！」

イーディスは飛びのいて、構えるように両腕でポーズをとった。

「な、なんでしょうかぁ！」

しくしくしていたのを見られたかもしれない。恥ずかしい。イーディスは戦隊ものヒーローみたいなポーズを正すと、あらためて「なんでしょうか」と問うた。

トーマスは片眼鏡《モノクル》を光らせて、イーディスを見下ろす。静かな間があった。

「……あの」沈黙に耐えかねたイーディスが口を開いた瞬間。被《かぶ》せるようにトーマスが口を開いた。

「旦那《だんな》様がお帰りになったら、お前に用があると仰《おっしゃ》っている。ご夕食後一時間したら、執務室に来るように」

「えっ？　旦那様が？　わたくしに何の……？」

トーマスは有無を言わせず畳みかける。「とにかく、来るように」

「……はい」

それ以外の返事は認めないと言わんばかりだ。トーマスは再びイーディスを一瞥《いちべつ》すると、来た時と同じように音もなくいなくなった。

よく考えたら、トーマスもなんだかんだと癖のある人物だ。今までイーディスが恐れるあまり見ないようにしていただけで。

「不思議な人だわ……」

イーディスは呟いて、お嬢様の御用を聞きに階段上《アップステア》へと向かった。

「お兄様があなたに用ってことは……おおかた、マリーナのサロンへの同行についてでしょうね」

グレイスはインクまみれの顔で振り向いた。

「お嬢様、ご夕食の前に一回顔を」「わかってる」

このやり取りも何回目だろう。イーディスはため息をこらえて、再び口を開く。

「……あのう、グレイスお嬢様」

イーディスは汚部屋を見渡す。

「私、お掃除に入らせていただきたいと何度も申し上げているのですけど」

「今はいらないわ」

グレイスは顧《かえり》みない。作業机と化した机の足元や、ベッドの下や、リネンの汚れを。常に締め切ってあるカーテンを。換気すらしない部屋の惨状を。

埃《ほこり》！　カビ！　食べこぼし！　汚れたリネンの洗濯！　湿気《しけ》たクローゼットの換気！

――「今は」って！　いつならいいのよ！

イーディスの前世の記憶が「これ以上は我慢ならない」と警告してくる。これ以上は部屋の汚損《おそん》に繋がる。まだ冬だから何とかなっているけれど、これが春になれば、虫が湧いたりカビが生えたり、とにかくいろいろなところが手遅れになる。

「お嬢様。次こそお掃除に入らせていただきます」

しかしグレイスから返事はなかった。彼女は自分の世界に入り込んでしまっていた。

――あー、もおお。お嬢様、そういうところだぞー！

イーディスは頭を掻《か》きむしりそうになった。そして気づいた。

――お嬢様の癖、うつっちゃった？

「ああ、……イーディス。そこでポーズとってくれる。できれば正統派ヒロインふうの」

顔を汚すインクを増やした令嬢が振り向いた。イーディスはため息をつく。

「今は何を描いておいでで？」

「架空の漫画の扉絵。……関節人形がないから、困ったわ」

イーディスは諦《あきら》めて、「掃除」の単語を引っ込め、グレイスの要望に応えることに徹した。


「……どうした？」

夕食後一時間して、きっちり時間通りにヴィンセントの執務室に姿を現したイーディスは、やや前屈みになって腰を押さえていた。

「いえ、なんでもございません。なんでも……」

まさかグレイスの無茶に応えていたら腰をやってしまったなんて言えない。

「まあいい、本題だ」

ヴィンセントの部屋はやはり性格通りの几帳面《きちょうめん》さで、以前見た時とさほど変わらない印象であった。細かな手書きの文字がびっしりと書かれた大小の紙が、やはり整然と並べられている。しかし、文字の読めないイーディスでさえ、その文字が乱れているのがわかった。

——なんだか、らしくないというか……。

ヴィンセントの文字はグレイスのカリグラフィーのような文字ほどではないが、整っていて読み易《やす》い。判で押したようなわかりやすい文字なのだ。それが、読めない。イーディスが文字を拾い上げることができないほど、彼の筆致は乱れていた。

——焦っている？

「モンテスター嬢のサロン……もとい情報交換会にお前を連れていきたいとグレイスが言った。聞いているか」

「もちろんにございます」

「モンテスター嬢の手紙を拝読した。お前が役に立ったと、重ねて礼の言葉があった。もちろんグレイスも、お前がいなかったら乗り切れなかったと、お前を褒めていた」

「ありがたいことで……」

ヴィンセントは前屈みのイーディスをじっと見つめた。

「……いったいお前の何が変わったのだろうな？」

「はい？」

唐突な問いに、素がぽろっと漏れてしまう。ヴィンセントは目を細めた。

「以前より明らかに理知的に見える。読み書きができないことに目をつむっても、お前の振る舞いはキリエに次ぐ。若いメイドの中では随一だ」

前屈みの状態では全くさまにならないが、褒められていることだけはわかったので、軽く頭を下げる。

「恐縮でございます。……しかしながら旦那様、わたくしはもともと卑しい身分でございますから、その、あまり……」

あまり褒められたものではない、と続けようとしたイーディスへ、

「身分など、関係あるものか」

熱のこもった声で、ヴィンセントが囁《ささや》いた。

「お前にはモンテナ語の才がある。……この二年間、誰もそのことに気づかなかった。ただそれだけの話なのではないかと、私は思っている。お前はもともと、力を秘めていたのだ」

「は、はい……」

真偽はともかくとして、ヴィンセントのその異様なほど熱いまなざしに晒《さら》されたイーディスは、のけぞって――腰を押さえた。めちゃくちゃ痛かった。

――いったた。

声を我慢したことを褒めてほしい。イーディスは静かに漫画家《グレイス》を恨んだ。

「イーディス。こちらへ」

「旦那様、あの」

「私の手が届く位置まで来てくれ」

執務机の前まで促されて、イーディスは前屈みのまま歩み寄る。もはやイーディスがもとから腰

が曲がっていたかのように接してくるヴィンセントは、やはり前屈みのままのイーディスに小さな紙を差し出した。

「読めるか?」

「……なんですか、これ」

「ツェツァン専務から届いた書類の中に入っていた。モンテナ語らしい。だが、私には判読できなかった。旧《ふる》い言葉だろうか?」

いや、違う——それは、癖の強すぎる筆記体であって、どちらかと言うとわざ、と崩しているようだった。モンテナ語は思った通り英語のようだ。一瞬で読めた。

【イーディス　サロンで待っている　ユーリ】

書いてあるのはただそれだけだった。イーディスはさらに前屈みになってしまった。

「あー……その……うーんと……」

「どうだ?　読めるか?」

子供のようにわくわくそわそわとしているヴィンセントをがっかりさせないために——イーディスは優しい嘘をつく。

「お会いできるのを楽しみにしているそうです」

半分は嘘ではない。半分は嘘ではないが、罪悪感は半分にはならない。

「そうか。……そうか!　ツェツァン専務が!」

今にも踊り出しそうなヴィンセントを見ながら、イーディスはため息を呑《の》み込み、頭を掻きむしろうとする手をすんでのところで押しとどめた。

――もう、どんどんお嬢様に似ていくわ、私……。

「サロンでも、お前の才能を頼りにしている。頼んだぞ、イーディス」

「――もちろんでございます。旦那様のお役に立てるのならば、喜んで同行いたします」

それを聞いたヴィンセントはさわやかに笑った。それはもう、麗《うるわ》しく。

イーディスは腰を押さえたまま執務室を退室した。帽子を外し、髪の毛をぐしゃぐしゃに掻きむしる。

『なんでやねん』

誰も聞きとがめない英語の悪態は、夜の廊下に吸い込まれていった。

3

ヴィンセントとグレイスフィールの兄妹は、連れ立ってモンテスター家の敷居をまたぐ。

サロンの日はからりとした晴天。グレイスは鮮やかなピンク色のドレスワンピースを纏《まと》い、花で飾られたカチューシャを付けていた。イーディスは御付きとして、令嬢から紺色のワンピースを借り、その場にふさわしい格好をしていた。

「社交場としての意味合いが強いのだろうな。男女関係を挟まない夜会のようなものか……」

すでに盛り上がっているサロンの様子から、ヴィンセントがグレイスに囁いた。緊張しているのか、あるいは感情が昂《たかぶ》っているのか——変にテンションが高いように思われた。いつも理知的なヴィンセントが。

——旦那様？

グレイスはそんな兄の様子に全く気づいていない。緊張していてそれどころではないらしい。

「そうですわね」と頷《うなず》いて、貴賓《きひん》室の隅々までを見渡した。

イーディスもまた周囲を観察した。全体的に、誰もが浮き足立っている。主催のマリーナは窓際で、たくさんの友人に囲まれて、おしゃべりに興じている。

「旦那様、お嬢様」イーディスはそっと声をかけた。「マリーナ様にご挨拶《あいさつ》するのであれば、私もお供いたします」

「ええ、もちろんよ」

グレイスはイーディスの腕をがっしり掴《つか》んだ。それはもう、命綱かなにかのように。

イーディスは微笑《ほほえ》みながら、どう切り出したものかと考えを巡らせていた。今日、確実に「イベント」が起きる。グレイスの予期しない形で、それは二人の間に起こるだろう。流星が降るのと同じくらい唐突に。

「お招きいただきありがとうございます」

グレイスがマリーナへ軽く頭を下げる。ヴィンセントは妹の所作を確認した後、

「マリーナ嬢。初めまして。……身体のお加減はいかがですか。妹から、先日の夜会では倒れられたと聞き及んでいます」

……マリーナにファースト・コンタクトした。見ているだけのはずのイーディスは、ひどく緊張していた。マリーナの一挙手一投足を見逃すまいと、緑色の目をかっぴらく。

「お初にお目にかかります、ヴィンセント様。先日はオルタンツィア家の通訳さんに助けていただき……あら？」

だがマリーナの意識は兄妹の後ろへと向けられた。つまるところ、目をかっぴらいて控えていたイーディスに。

「……まあ。先日は本当に、ありがとう。通訳さん」

マリーナは花のような笑みを浮かべてイーディスを手招いた。

「貴女《あなた》だけが私に気づいてくれたわ。恩人と言ってもいいくらい。私、あの後熱を出して……」

イーディスは柔らかい手に両手を取られて、どぎまぎした。普通、名家の令嬢というのは使用人にこんな態度をとらないものだ。距離が近すぎる。甘い香りが鼻をくすぐる。それくらいの近距離に、マリーナ・モンテスターが迫っていた。

グレイスがマリーナをそう「設定した」からだろうか？

イーディスが何か言いかけた時、グレイスの口から棘《とげ》が飛び出した。

「……ええ。いい御付き《レディースメイド》でしょう？」

「まあ、御付きのメイドだったのね」

イーディスは恐る恐るグレイスを見た。青い瞳《ひとみ》が剣呑《けんのん》な光を宿して、ついとそっぽを向いた。用は済んだとばかりに踵《きびす》を返して、グレイスが言う。

「イーディス。さっそくお茶をいただきましょう。お兄様も」

「グレイス！　――申し訳ない、失礼する」

ヴィンセントが妹の跡を追いかける。イーディスはあっけにとられていた。

――お嬢様、なんかめちゃくちゃ怒ってない？

イーディスはそっとマリーナから身を引いた。マリーナは眉《まゆ》を寄せて、「何か気に障ったかしら」と呟《つぶや》いていた。


兄にこってりと叱られたグレイスはむくれて、片隅のソファに陣取って紅茶を飲みはじめた。

「イーディス。彼女になれなれしく触らせないで」グレイスは紅茶を飲みながらひそひそ囁いた。

「グレイスフィールお嬢様。本来の目的をお忘れでは？」

「それとこれとは別よ。……ほんと、気に食わない」

サロンの面々はグレイスとイーディスを置きざりにして団らんしていた。輪の中にはヴィンセントや、その友人たちもいる。グレイスは舌打ちした。

「――誰もかれも、仲良しこよし。いいことね。さすがマリーナ嬢の……」

イーディスはしゃがんで、令嬢のドレスを直す振りをしながら、ぴしゃりとツッコミをいれる。

「お嬢様。何から何まで悪役令嬢になりつつあります、お気を確かにお持ちくださいませ」

「はっ」グレイスはカップを置くと強張《こわば》った顔に両手で触れた。「いけない、あぶない、やばい」

「お嬢様もシナリオの干渉を受けているのでしょう。目的を見失わないようにしなければ」

「そう、そうよね……」

イーディスはあたりを見回した。団らんする一同のほかにぽつりぽつりと一人で紅茶を飲んでいる者もいる。場になじめないのはグレイスだけではないらしい。

——本当の意味で孤立をしているわけではないのよね……。まだ。

イーディスはそっと、小柄な男性を指し示した。

「お嬢様、お話の相手にあの方はいかがですか」

「え？　……誰？」グレイスはきょとんとした。

「わかりません。ですが、マリーナ様繋《つな》がりの、どこかの会社の方でしょう。これを機にお知り合いになってもよろしいのでは？」

「ええー……」

「このままではお嬢様はここで孤立いたします。その前に、繋がりを作っておくべきです」

グレイスはそっとまつげを伏せた。不安がっているのがわかる。

「だって、彼、原作にはいないわ。そもそも、覚えていないし……」

「……いないからこそ」

イーディスは声を強めた。

「運命を変える手掛かりになるかもしれません。私が、原作にいないのと同じように……」

イーディスはこの世界について二つの仮説を立てていた。一つめ。この世界は「生きている」。

メイドたちだって、あの夜会に参加した数多《あまた》の貴族たちだって、「モブキャラ」ではないのだ。少なくとも、「原作には存在しない」アニーやシエラや、エミリー、メアリー、ジェーン……彼女たちにはモブ以上の「厚み」がある。この世界は彼女たちを生きた人間として映し出している。

二つめ。この世界は筋書きに沿って進行するけれども、干渉があればその限りではないこと。イーディスとグレイスの干渉によって、ヴィンセントとマリーナが夜会の夜に出会うことはなくなった。マリーナを助けたのはユーリとイーディスであって、ヴィンセントではない。

「お嬢様。わたくしはお嬢様のためなら何も惜しみません。やると決めたのなら、なんだってやります。未《いま》だに文字は書けないポンコツですけれど……」

――そう。あの日救えなかったあの人。あの日、鍵《かぎ》を開けられなかった七二九号室。あの中で助けを待っていたはずのお客様。助けることのできなかったあなた。あの火災が運命だったとは言わない。二人で命を落とすことが、運命だったとは思わない。だけど……、

『お誕生日！』

『そうなの、奇遇《きぐう》ね、お誕生日おめでとう』

二人でこの世界にやってきたことが、運命だったのだ。イーディスはそう思っている。

「ですから、シナリオの抜け穴を探しましょう。探し続けましょう、ふたりで」

「……イーディス」

「そのためなら、私《わたし》、命を懸けてもいい」

グレイスの青い瞳が揺れた。

イーディスは素早く立ち上がり、令嬢のための道を開ける。グレイスは優雅に腰を上げると、イーディスにカップをあずけ、一人紅茶を飲んでいるその男性に話しかけた。

「ごきげんよう——」

イーディスは彼女の様子を見守りつつ、部屋の隅々まで気を配った。シナリオ、その「フラグ」を見逃すまいと、壁際に寄って全体を俯瞰《ふかん》する。

マリーナたちは貴賓室の隅に置かれてあったピアノを触っていた。そういえば、貴族のたしなみの中にピアノという項目もあったような気がする。

——お嬢様はピアノをたしなまれるんだったかしら？

オルタンツィアの家にはピアノがなかったような気もする。もちろん、「ポンコツメイドのイーディス」が入ったことのない部屋もあるわけだが、それにつけてもあの屋敷でピアノの音色など聞いたことがない。亡くなった奥様なら弾けたのかもしれないけれど……。

——こちらに話を振られた時が厄介だわ。ヴィンセント様も「ピアノ弾けます」って顔ではないし。

頭上から声がかかったのはその時だ。

『イーディス。やはり来たか』

見なくともわかった。不本意ながら、彼の声をもう覚えてしまったらしい。待っていると熱烈なラブレターを寄越すくらいだから、コンタクトがあるのは予期していたけれど。

『なんです？　サロンの主の輪から抜けてまで、私になんの用でしょう、ツェツァン専務』

先ほどまでユーリ・ツェツァンがマリーナの周りにいたのを、イーディスはしっかり確認していた。確認したうえで敢えて触れないようにしていたのに、向こうから来るとは。

『前のようにユーリと呼べばいいものを』

ユーリはすねたように眉を寄せた。イーディスはゆっくり首を横に振った。

『あれは使用人らしからぬ言動でしたわ。わきまえずに無礼を働いたわたくしをお許しください、専務。忘れてくださいまし』

なお面白くなさそうな顔をするガラス製品会社の重役をちらりと見上げ、イーディスは尋ねた。

『専務の御年は二十八歳とお嬢様から伺っております。専務はお顔も秀でていらっしゃるから、一回りも下の貧しい小娘になど構わなくとも、素敵なお嬢様たちがたくさんいらっしゃいますでしょう？　ご覧ください、マリーナ・モンテスター嬢など……』

『――年も何も関係あるものか。メイドだろうが構うことはない』

ユーリはイーディスの顔を覗《のぞ》き込んだ。

『二週間後にモンテナに帰国する。俺と来い、イーディス・アンダント。お前が望む全てを与えよう。富でも名声でも、なんでも』

『……申し訳ありませんが、私はもう、命の使い道を決めてしまったので』

貴賓室の一角でそんなやり取りが繰り広げられていることを知らずに、令嬢たちは代わるがわるピアノを弾いていた。さすが名家の令嬢たちとあって、その腕も堪能だ。イーディスの知らない曲ばかりなことを考えると、恐らくはこの世界の音楽家の曲なのだろう。

子女たちが稽古《けいこ》ごとに秀でていればいるほど、その家に箔《はく》がつく。そう考えられているこのレスティアの地にいて、必修科目と言ってよい「ピアノ」が弾けないのはまずい。イーディスは近づいてくるユーリの額を容赦なく押しのけ、ピアノの方を見、そしてグレイスを見た。

「マリーナ様、ぜひ一曲弾いてくださいまし！」

高い声が、イーディスの視線を引き戻す。マリーナが驚いたように口元に手を当てている。

「わたくしが、ですか？」

「ええ、マリーナ様。わたくしも聞きたいですわ！」

『イーディス』押しのけられた額をさすりながらユーリが問う。

『何をそんなに気にしている？　体裁か？　お前の知識があればむこう《モンテナ》でも』

『しい、黙って』

迫られたマリーナが、何か困ったように笑いながら椅子の前に急《せ》き立てられていく。周りの子女たちがぱあっと色めき立った。

「マリーナ嬢のピアノが聞けるなんて、来てよかったわ」

「モンテスター嬢のピアノは素敵だと評判だからなぁ。一度聞いてみたかったんだ」

そんな期待の声の中にいて、当のマリーナは複雑な表情を浮かべていた。応えようとする笑顔が強張っている。指先が震え、背筋が丸まっているのがイーディスには見て取れた。何かがおかしい。確実に、彼女は何かに怯《おび》えている。

——待って、あの状態で誰もマリーナ様の様子がおかしいことに気づかないの？　ひょっとして……。

「イベント」……？

しかしイーディスも、マリーナの演奏を止めることはできない。彼女は深呼吸をして、しばらく何かを躊躇《ためら》った後——震える指先で「ある曲」を弾き始めた。

「……あれ？」

思わず声を上げてしまう。……それは、前世のイーディスが、子供の頃に何度も聞いたことがある——曲だ。

——ロンドン橋が落ちてしまった。落ちてしまった！　私のお嬢様《マイフェアレディ》！

『ああ、イギリスの民謡だったか。……詳しくは知らんが』

ユーリが腕を組んで呟く。イーディスは早口で尋ねた。

『ロンドン橋ってモンテナにありますか？』

『ないな』

イーディスはユーリの顔とピアノを弾き続けるマリーナを見比べた。ユーリはなおも続ける。

『ちなみに、モンテナには《マイフェアレディ》と呼ばれるような統治者も存在しない』

『ということは……』

イーディスがユーリの整った顔をじっと見ている間——マリーナは拙い演奏を終え、ピアノの鍵《けん》盤《ばん》から指を下ろして、膝《ひざ》の上に置いた。彼女の体は小刻みに震えていた。

あれだけ盛り上がっていたサロンがにわかに萎《しぼ》んでいくのがわかる。誰もが、言葉を失っていた。まさかピアノが堪能と噂のマリーナが、こんなに拙い演奏をするなんて、とばかりに。

「……ああ、マリーナ様は調子が悪くていらっしゃるのだわ！」

取り巻きの一人が声を上げた。続けて、マリーナを急き立てた令嬢が続ける。

「そうよ、そうだわ。……前のパーティーの時のように……お体の具合が悪いのかも……」

それを聞いたマリーナは黙って椅子を立つと、無表情のまま、ゆっくりサロンを出ていってしまった。よりにもよって。よりにもよって！　イーディスは内心「オイ！」とツッコミを入れながら、あたりを注意深く見渡した。メイドにできることなんかない。

——でも、ちょっとこれはダメなんじゃないの⁉

サロンの空気を取りもつように、取り巻きたちはありとあらゆる方向へ視線を巡らせて、すぐそばに立っていたヴィンセントに水を向けた。

「そうだ、ヴィンセント様。妹さんはピアノをたしなまれないのかしら？」

「え？」

――えええッ⁉

ヴィンセントは妹の姿を探し、イーディスは跳ねるように顔をグレイスに向けた。当のグレイスは急に注目されて戸惑っている。

「……ええと、あの、わたくしピアノはちっとも」

――あああ知ってた！

イーディスは唇を思いっきり噛《か》み、それをツェツァンが見とがめた。

『おい、よりブスになっている』

『やかましい！』

しかし転がり出した話は止まらない。

「グレイスはピアノに触ったことがないんだ」ヴィンセントがやんわりと口を挟んだ。

「でも、知っている曲ならあるでしょう？」誰かが言った。「なんでもいいのよ」

イーディスは思わず声を上げた。

「あ、あのお嬢様、スケッチをお見せするのはいかがでしょう？　……グレイスフィールお嬢様は、絵がとてもお上手《じょうず》でいらっしゃいます。どなたかモデルになってくださる方はいらっしゃいますか？」

幸いにも画材は持ってきている。が、ギャラリーは取り付く島もない。

「いいのよ、下手でも。少しでも弾けるんなら何でも構わないわ」

「そうよ。マリーナ様に比べたら、みんなそんなものだわ」

――なにこれ最悪の展開じゃないの！

イーディスは帽子を投げ捨てて頭を掻《か》きむしりたくなったが、こらえた。

マリーナの後にピアノの弾けないグレイスを持ってくることで、思いがけず拙い演奏をしてしまったマリーナを立てる、そんなところだろう。

――最悪！　ちくしょう！　私も「猫《ねこ》ふんじゃった」くらいしか弾けないし……！

いや、いっそメイドが躍り出て道化を演じた方がいいのかもしれない。令嬢がじかに被害を受けるよりよほどましだ。メイドだから仕方ない、このメイドは学がないし孤児だし、ちゃんとした教育も受けていないし……そんな空気になればいい。ついでにお嬢様がイラストも披露《ひろう》できれば面目も立つ。これほどの絵を描ける人がこの世界にいるとは思えない、と。

イーディスは覚悟を決めて声を上げようとし――大きな手に阻まれた。イーディスの顔は彼に掴《つか》まれてしまう。……それくらい、大きな手だった。

「むがッ！」

低い声が降ってくる。たどたどしい発音のレスティア語で。

「まて、なんでもいい、言うなら、ワタシ、弾ける。どうだ？　モデル、どうだ？」

言葉の最後はグレイスに向けられていた。

「え、ええ……」

――ユーリ！

「ツェツァン専務!?」

ヴィンセントが目をまるくして歩み寄った。

「ピアノが弾けるなんて話、私には一度もなさらなかったではありませんか」

「むこうでは、家のたしなみ、厳しい、男でもやらされる。兄弟では、いちばん、下手《へた》、それでもよいか」

返事も聞かず歩き出すユーリは悠々としている。ピアノの前に立つと、まず椅子の調節から始めた。

イーディスは先ほどの手の大きさを忘れようと努めながら、彼の背中を見守った。前世で働いていたホテルのロビーにもピアノがあって、時折プロを招いてコンサートなどしたものだった。だからこそ、わかる。

――下手なんて嘘だ。絶対嘘だ。素人《しろうと》じゃない。

ユーリは椅子の高さを調節すると、次は椅子の位置を確かめるように座り、ペダルを踏めるように足を伸ばしたり、両腕を伸ばしてちょうどよい距離を探る。最後に一つ鍵盤をはじき、ユーリは呟《つぶや》いた。

『調律はされているな。狂いない』

――いやいやいや、絶対素人じゃない、この人……。

イーディスが見守るのを、ちらと振り返って、ユーリはあの、歯を剥《む》くような獰猛《どうもう》な笑みを浮かべた。ひょっとしたらそれは、嫌がらせの合図でも、威圧でもなく、彼の素の笑顔なのかもしれないと――イーディスは遅まきながら気づいた。

そして音が響き渡る。きらきらした音楽に身を浸した奏者は、すでに届かぬ場所にいる。

「なっ」

誰かが声を上げた。けれどそれ以上の言葉はなかった。誰もが静かに、彼の姿に魅入られた。美しいモンテナ男の奏でる、美しい『異郷』の音楽。

その中でイーディスは、ゆらりゆらりと揺れるユーリの長い黒髪を見ていた。

――これ、ラヴェルじゃないの……。

『水の戯れ』。この世界にラヴェルがいないのなら、間違いなくこれは前世からのギフト。イーディスの英語能力と同じだ。彼はいったい何者なのだろう。

彼もまた「流星の子」である――その事実が、イーディスの中へしみ込んでくる。言葉で聞かされるよりもよほど雄弁に。納得より先に、見せつけられている。その卓越したピアノ技術によって。

――我《おれ》と一緒に来い、イーディス・アンダント。

――我《おれ》もまた、「前世を持つもの」だからだ。

――お前となら。

今になって、その重みに気づくなんて。

弾き終えたユーリは、何かから解放されたように真上を向く。楽器と向き合い終えたプロの音楽家のようだった。イーディスはしんと静まり返ったサロンの中で拍手をした。眠りから覚めたように、皆が拍手を彼に送った。

「……失礼した」

ユーリは小さく呟くと、椅子を元に戻して、「どうぞ、続けて」と言った。次にピアノ椅子に座る者は誰もいなかった。ヴィンセントも、グレイスも、マリーナの取り巻きも、そして――サロンの入り口の扉の後ろにいるマリーナも。イーディスはマリーナが今の演奏を聞いていたことに気づいた。マリーナは拍手を終えると、再びどこかへ姿を消してしまった。

――マリーナ様？

「できたわ」

グレイスは誰も見ていない間にピアノを弾くユーリの横顔を描き上げていた。ヴィンセントが声を上げる。

「前から思っていたが……お前はすごいな、グレイス！」

その言葉に誘われてスケッチブックを覗《のぞ》き込んだ人々はその絵のあまりの精度の高さに驚き、口々に声を上げた。その声はマリーナ派の令嬢たちの耳にも届く。

ピアノの前を離れたユーリはグレイスの絵をちらりと覗き見て、小さな笑みを漏らした。

『よく描けている』

イーディスはそんなユーリに駆け寄って、深々と頭を下げた。

『ありがとうございます、専務。助かりました。心よりお礼を』

『あの程度で弾けると抜かすな阿呆《あほう》ども、とあの女たちに伝えておけ』

『――私がそれを通訳するとお思いですか？』

一転、じっとりとユーリを睨《にら》み上げるイーディスに、ヴィンセントが背後から声をかける。

「イーディス。少しだけ外の空気を吸ってくる。グレイスにもそう伝えておいてくれ」

「は、はい、かしこまりました、旦那《だんな》様、……」

サロンルームの外にはマリーナがいる。二人きりになってしまう可能性がある。そうすれば、何が起こるか。わからないからこそ、恐ろしい。

グレイスを見れば、人に囲まれて絵のリクエストを受けていた。イーディスは令嬢のそばに駆け寄ろうと、居並ぶ人を器用に避《よ》けていく。

『……あとで対価をもらおう』

後ろから不穏な言葉が聞こえてきたが、無視した。それどころではない。緊急事態だ。

「お嬢様、お嬢様。……ヴィンセント様が」

「なにごと？」

イーディスはひそひそと囁《ささや》いた。

「廊下に出られました。マリーナ様とのイベントが予測されます。……この場はツェツァン専務にお任せしましょう。私たちは、外へ」

「……な、なんですって！」

グレイスが上げた大声に、子女たちは驚いて軒並み目をまるくしたが、イーディスは深刻そうな顔を作り、渾身《こんしん》の演技で続けた。

「お嬢様、今すぐ向かわなければなりません、手遅れになる前に……！」

「もちろんよ！　今すぐ向かうわ！　失礼！」

グレイスは描きかけのスケッチブックをたたむと、勢いよく立ち上がり、「ごめんあそばせ」と人の波を避けて廊下へ向かう。親戚《しんせき》が危篤だとでも言わんばかりの形相である。イーディスは令嬢に並走しながら、ごたごたのついで、ユーリにモンテナ語をぶつけた。

『ユーリ！　皆さんに前世の音楽をたっぷり聞かせて差し上げてください。お礼は弾みます』

『……言ったな？　イーディス・アンダント』

『あ、でもモンテナ行きだけは勘弁してください』

イーディスはそう言い残して廊下へ走り出た。ユーリは退屈そうにため息をつくと、肩を大きく回し、再びピアノの前に座った。一音、はじく。

『――まったく、伝わらんな』

騒然とした部屋に、美しい旋律が流れ出す。

4

モンテスター家の廊下を早歩きで行くのは、鬼気迫る表情のグレイスと焦りを浮かべるイーディスの二人だ。磨き上げられた窓や埃《ほこり》一つないカーペットなど、メイドとして見るべきところはたくさんあったけれど、二人が探しているのはヴィンセント・オルタンツィア、ただ一人。

「すでに『イベント』が始まっている可能性もあります」

「お兄様、もう、どこに行ったのよ！」

そうしてグレイスが窓から中庭を覗き込み、漫画みたいな悲鳴を上げた。

「ギャー！」

「なに、なになになに？　なんです⁉」

イーディスもまた中庭を見下ろす――もうすでに、イベントは始まってしまっているようだった。

「うわーん！　壁ドン！　もうやだ！　もうやだ！　悪役令嬢まっしぐらじゃないのよ！」

「お嬢様、お気を確かに！」

イーディスもそれを見た。ヴィンセントが壁に腕をつき、マリーナらしき少女をじっと見つめている――はたから見れば少女漫画。グレイスからしたら人生の危機だ。イーディスが混乱するグレイスを先導して中庭に下り、遠くからその光景を見守る。

二人は先ほど覗いた時と寸分違《たが》わぬ姿で立ち尽くしていた。グレイスはそのまま二人に突進しようとする。イーディスはさっと彼女の腕を掴んだ。

「お兄様、何やってるのよ！　そいつから離れて！」

「お嬢様、お顔が悪役令嬢になってます‼」

「はっ！」グレイスは両手で頬を包んだ。頬を引っ張ったり叩《たた》いたりしながら、二人の様子を見る。

「ねえ、あの二人、全く動かないわ。話をしている様子もない。見に行っても……」

確かにグレイスの言う通り、二人は彫像のようにピクリとも動かない。ゲームに例えるならば、停止ボタンを押されて停止《ポーズ》しているかのように硬直している。グレイスが爪を噛《か》みながら暴れる。

「もおお何見つめ合ってんのよおおおお！」

「ダメです、ここでお嬢様が出ていったらこじれます。どうシナリオが転ぶかわかりません」

危険すぎる。「悪役令嬢」の登場によって、役者が揃《そろ》ってしまう可能性まである。二人が動けないのは、理由があるはずだ。

何らかの要因で「シナリオ」がうまく進んでいないということ？　だとしたらなぜ？

「じゃあどうすればいいの！」

グレイスはムンクの『叫び』のように両手で頬を押しつぶした。秀麗な顔がだいなしだ。

「……今、考えてます」

グレイスが動けば、先ほどのように「キャラクター設定」や「シナリオ」に引っ張られる可能性がある。「シナリオ」に絡む人物がここに介入するのは避けた方がいい、気がする。

滞っている「シナリオ」が進行すれば、話がもとの「ヴィンセントとマリーナの恋愛物語」そして「グレイスフィールざまぁ」に戻ってしまう可能性がある。間違いなく、ここはイーディスが何か行動を起こすのが最善手だろう。

「私が……やるしかないのかな」

「でも、どうやって、なにをするっていうの」

イーディスの独り言を受けて、グレイスが呟《つぶや》いた。

「前みたいに、ユーリ・ツェツァンを呼ぶわけにもいかないし……」

――前みたいに。そういえば私、あの人にかなり助けられているわね……？

熱が出たマリーナを運ぶ時。あの時は誰もマリーナの変調に気づかなかった。……イーディス以外の、誰も。

「あ。待ってください」

そういえば、マリーナの様子は令嬢たちがピアノを弾き始めたあたりからおかしくなり始めた。

そして、やはりマリーナの変調に気づいた人は誰もいなかった。そしてマリーナは、ピアノの演奏を断り切れず、あの童謡《ナーサリー・ライム》を、震える指先で弾いた……。

「……お嬢様。なぜマリーナ様は、あの時、あの曲を弾いたのだと思いますか？」

「あの曲って……『ロンドン橋』？」

イーディスは顎《あご》に手を当てて、頷《うなず》いた。

「ええ。ツェツァン専務が言うには、モンテナにロンドン橋はないそうです。レスティアにもないのですよね？　……ないはずですよね？」

グレイスはしばらく考え込み、「ないわ」と断言した。

「ないはずよ。あの曲はこの世界に存在しない。だって、イギリスも、ロンドンもないもの」

ないはずの曲を弾く。誰にも伝わらないのに。

……誰にも伝わらないのに？

そうだ、そうだった。誰にも伝わらないのに――前にも似たようなことがあったじゃないか！

そう、屋敷で！　イーディスはグレイスの顔を見て、ぱちんと指を鳴らした。

「ハンバーガーとフライドポテト！」

グレイスが頭上にクエスチョンマークを浮かべた。イーディスは、グレイスの肩を揺さぶった。

「あの時と同じです、ハンバーガーとフライドポテトの心境だったんですよ、マリーナ様は！」


『あなた、本当にどこかからそれを持ってきてくれそうだったから』


グレイスのかつてのセリフが蘇《よみがえ》ってくる。イーディスは理解の追い付いていないグレイスを置いて、ピクリとも動かないマリーナとヴィンセントに向かって、大きく息を吸い込み、歌いかけた。

英語の歌が、中庭に響き渡る。

ちなみに、イーディスは音痴ではないが、歌はたいしてうまくない。

――『ロンドン橋落ちた』は非常に長い歌だ。また、歌詞にも複数のパターンが存在する。

ストーリーはこうだ――ロンドン橋が壊れてしまった。再建のために、次々提案される新たな橋の材料。その材料に対して、「それではだめ」「壊れる」「曲がる」などの声。

日本で知られているのはほんの冒頭部分で、歌詞の全てを知っている人はあまりいないのではないだろうか。

最終的には、ロンドン橋は丈夫な金と銀で再建されることになり、その金銀が盗まれないよう見張りをつけることになり――その見張りが寝ないように煙草《たばこ》を吸わせよう、と落ち着く。

そして必ず歌詞の末尾に添えられる「マイ・フェア・レディ」。誰のことなのか、諸説あってはっきりしないが、聖母マリアだとか、実在の女性であるとか言われている。

――イーディスの脳内辞典より

イーディスの細い歌声はマリーナの耳に届いたらしい。はっと我に返ったマリーナは、きょろきょろと目を動かして、硬直しているヴィンセントの腕をかいくぐって表に出てきた。それでもヴィンセントは茫洋《ぼうよう》としたまま、壁ドンのポーズを続けている。グレイスが駆け寄って、何度か声をかけた。兄の反応がないと見るや、思い切り腕を振りかぶって、彼の頬に鋭いビンタを食らわせた。

スパァン！

「ったた！　なんだグレイス！　なにをするんだ！」

停止《ポーズ》を解かれたかのようなヴィンセントに、グレイスは考える隙も与えない。

「なあにお兄様、寝ぼけていらっしゃるの、眠気覚ましに紅茶を頂きましょう、さあ行きましょう」

グレイスが頬に手形をつけたヴィンセントの腕をひっ掴むのを確認して、イーディスは歌うのをやめた。目の前には、おどおどしたマリーナ・モンテスターが立っている。

「あ、あの」

完璧《かんぺき》な令嬢ことマリーナは、まるで生まれて初めて立った子羊みたいにぷるぷると震えていた。

「その歌……は」

イーディスはゆっくり、マリーナに頭《こうべ》を垂れた。

「歌ったのはわたくしです、マリーナ様」

戸惑いのにじむ声音が、頭上で囁く。

「あなたは、……どうしてあの歌を知っているの？」

イーディスは頭を下げた時と同じくらい、時間をかけて顔をあげた。頭の中では次のセリフを練っている。

「故郷の歌でございます。申し訳ありません、お聞き苦しい歌をお聞かせして……」

相手は、物語のヒロイン。どんなミスも許されない。どんな時も大事なのは……。

――おもてなしだ。

「マリーナ様の演奏をお聞きして、思い出したものでございます」

イーディスは顔をあげて微笑《ほほえ》んだ。安心させるように。敵意はないと見せるように。

「いいえ。聞き苦しいなんてとんでもない。私もその歌を知っています！　よかった……！　通じる人に出会えてよかった！」

マリーナのハシバミ色の瞳《ひとみ》がきらきらと輝いた。イーディスはマリーナに手を取られながら、尋ねる。

「マリーナ様、御付きの方をお呼びいたしましょうか。先ほどから靴擦れを起こされているとお見受けいたしますが」

マリーナは思い出したように足を見た。けれど麗しい顔を横に振り、イーディスをじっと見た。

「……いいえ。あなたがいい。……ぜひ、あなたの故郷のお話を聞かせてほしいの」

「かしこまりました」

――かならず、糸口があるはずだ。シナリオから自由になる糸口が。そうでないと……。

イーディスはきっと顔をあげて、マリーナに手を伸べた。

「肩をお貸しします。おかけになれるところまで参りましょう」

5

マリーナは小さな噴水の縁《ふち》に腰かけて、ドレスワンピースを少しだけ上げた。慣れない靴を履いたのだろうか、痛々しい靴擦れがあらわになる。イーディスはマリーナを見上げた。

「私《わたし》の故郷、いいえ、『前世』の故郷は日本の東京にありました。別世界から来たと言い換えていいかもしれません」

自前のハンカチを取り出し、それをマリーナの傷にあてがって、手を止める。

「こういう時に、絆創膏《ばんそうこう》があれば、などと思います。この世界は不便ですね。ティッシュもないし。トイレットペーパーもありません」

「……そうですね。二十一世紀の日本と比べれば」

マリーナはイーディスが器用に手当てするのを見下ろしていた。

「わたくし……私《わたし》も、別の世界から来た。そうだったと気づいたのです。港町に住んでいた、ごくふつうの女子高校生だったことを、思い出したのです。あなたが助けてくれた、あの夜会の日に、長い夢を見て」

マリーナは両掌《てのひら》を開いて、そこに視線を落とす。

「突然事故に遭って。死にたくないと願った。どうして私なの。なんで私なの。そう思いながら、死んでしまって……気づいたらここにいた」

――事故に遭った記憶も、ちゃんとあるんだ。

「マリーナ様……」

「その名前も、まだ慣れません」

イーディスの心の内も知らずに、マリーナはゆるやかに微笑んだ。秘密を打ち明けるかのように、声を潜める。

「私の本当の名は、細波星奈《さざなみせいな》」

グレイスの言っていた通りだ。イーディスはしかし、おくびにも出さず、頷いた。

「わたくしは、イーディス・アンダントでございます。前世の名は……忘れました」

マリーナはゆっくり頷いた。

「私が、一人じゃないというだけで十分だわ」

「他にも、いらっしゃいますよ。この世界には、『流星の子』と呼ばれる存在がいるのです」

手当てし終えた足から手を離す。マリーナは、ほうと息をついて、首を傾《かし》げた。

「流星の子。たとえば、ヴィンセント・オルタンツィアさまとか、ですか?」

「いいえ、彼は違います」

思わず即答した。マリーナは首を傾げたまま、指を口元へと当てる。どんなポーズでも、様になる。

「どうしてか、あの方のことばかり気になるのです。名前をお聞きした時からどうしても気になって、気になって……どうしても、お会いしなければ気が済まないと思って……その思いは強くなるばかりでした。今も。今この瞬間も。でも――」

マリーナはうつむいた。

「彼に会っても、何も変わりませんでした」

「何も？」

「ええ、何も」

マリーナは顔をゆっくり覆った。

「ヴィンセント様に会えば何か変わると思いました。何か心の中に、変な欲求みたいなものがあるのです。喉《のど》がずうっと渇いているみたいな。お腹《なか》がずっと空《す》いているみたいな……そういうこと、イーディスさんはありますか」

イーディスは言葉に詰まった。それはおそらく、「シナリオ」の干渉だ。

グレイスやヴィンセントのみならず、ヒロインにも、「シナリオ」の干渉が働いている。

「ローズは、思春期の女の子にはよくあることだと言うんです。ああ、ローズというのは」

「ローズマリー・アンダントのことでございますね」イーディスは間髪《かんはつ》容《い》れずに尋ねた。「わたくしの、救貧院《きゅうひんいん》での、姉でございます。実は夜会で偶然再会致しまして」

「そうだったのね。……とにかく、ローズはそう言って、あまり私の話を聞いてくれないのだけど」

マリーナは顔を覆っていた手を退《ど》けて、にじんでいた涙を拭《ぬぐ》った。

「何か変なの。あの夜会以来、ヴィンセントさまにお会いしなければと、それぱかり考えて。そして、それでね、私、前と違ってしまったみたい。自分でもよくわからないのだけど……空っぽになってしまったみたい。前までどうやって生きてきたのかわからない。今日も……」

「マリーナ様」

前までどうやって生きてきたのかわからない、イーディスと真逆だ。イーディスは前世の「私」と融合することによって今を生きている。だけど、マリーナは……。

――そもそもマリーナ様に、融合できるような前世の「私《じぶん》」ってあったのかしら？　原作者はそこまで作りこんでいた……のかな？

「今日も。あれだけ練習してきたピアノの曲を忘れてしまったの。真っ白になってしまって……思いついたものを、即興で。あんなもの、おじいさまに聞かれたら怒られてしまうわ」

「即興であれだけ弾けるのは、すごいことですよ」

イーディスは力強く言った。「私のレパートリーは『猫《ねこ》ふんじゃった』だけですので！」

「ふふ、ありがとう」

マリーナが初めて笑った。

「あなたと話しているとなんだか安心する」

最初の敬語もとれて、幾分か話しやすくなった。イーディスは思い切って、マリーナの隣に腰を下ろすことにした。失礼します、と断って、噴水の縁に腰かける。

「この世界の伝承をご存じですか。流星に乗って流れてくる異世界の魂のこと。それが先ほど申し上げた、『流星の子』と呼ばれる存在なのです。私も、流れ星に乗ってこの世界にやってきました。……今でこそ、御付き《レディースメイド》の役割を仰せつかっているのですが、自分が異世界から来たと自覚するまでは、とんだポンコツメイドだったのです」

「ぽんこつ？」

マリーナがオウム返しに尋ねた。

「こんなに気が利いて、やさしくて、面白いあなたが？」

「ええ。メイド服の裾《すそ》を踏んづけて、高い金縁のお皿を十枚も叩《たた》き割ってしまいました。それ以来、私のあだ名は『金皿十枚』のイーディス。まだ弁償の借金も返済し終わっていなくて。未《いま》だにコックからは金皿と呼ばれています……あはは」

「ええ……」

マリーナは何と言っていいやらわからない、みたいな顔をした。意外と顔に出やすいタイプの女の子なのかもしれない。

「でも、前世は。……何だったと思います？」

「私と違って大人っぽいし……学校の先生？　警察官とか？　違う？」

「残念、違います」

「待って、答えを言わないで。自分で当てたいの！」

マリーナは年相応のおねだりをした。イーディスは微笑ましくそれを了承した。

「わかりました。ではマリーナ様が正解を言うまで、ナイショということにしておきますね」

イーディスは、モンテスター家の中庭から青空を見上げた。

「そういうわけで、私は目覚めるまで……この歳になるまで、半分眠っていたようなものだったのです。そのぶん、神様がポンコツにおつくりになったのかもしれませんね」

「半分眠っていた。……私と逆ね」

「ええ。でもそんなポンコツな私を、姉は……ロージィは見捨てないでいてくれたんです。仕事もできて、頭もよくて、読み書きもできて、こんな私にも優しくて……」

「ローズは、あなたみたいな妹がいるなんて言ってなかったわ」

「救貧院の全員が、家族のようなものですからね」

イーディスはマリーナの横顔をうかがい見た。

「私たちにはたくさんの兄弟姉妹がおりました。本当に、たくさんの。その中でも、私にとってローズマリー・アンダントは特別だったのです。ロージィがいなかったら、金皿を十枚割ってしまった時点で、お屋敷をクビになっていただろうから……彼女がいたから、今の私がいるようなものでして。……ロージィは、自慢の姉です」

イーディスははにかんだ。

「ですので、この前の夜会で再会した時は、驚きました。こんな立派なお屋敷に勤めることができるなんて、さすが、……ロージィだなって」

何も言わず、何も告げずに置いていかれたことを、恨む気持ちがないでもない。裏切られたことを、悲しまないわけではない。だけど。

「あのメイドは、良い御付きです。きっとマリーナ様のお役に立ちますわ。私が保証いたします。私の保証なんて、意味もないことですけど。……ポンコツメイドですからね」

「そんなことないわ」

マリーナがイーディスの手を握った。

「あなたこそ素晴らしいメイドだわ。……メイドとしても、友人としても、いいひとだと思う」

ハシバミ色の瞳が潤む。懇願するように、柔い手が力をこめてイーディスを引き寄せた。間近で見る「ヒロイン」は、あまりにも魅力的だった。

そう、魅力的だった——。イーディスは、ほだされてしまいそうになりながら、彼女の目を見つめた。

「こんなに親身になってお話を聞いてくれたのはあなたが初めて。わたくし、私ね、今の私は空っぽだと思うって、さっき言ったでしょう、でも……でも、あなたと話して救われたわ。大丈夫だって思えた。これから先も何かあるかもしれないけど、大丈夫なんじゃないかって思えたの！」

マリーナは黒髪を揺らして、目を伏せた。

「だから……！　イーディス、その、この家に……私の、御付きの、」

マリーナの言いたいことを、イーディスは敏感に感じ取っていた。「ヒロイン」の力も、イーディスを誘惑していた。けれども、だからこそ。

「――申し訳ありませんが、ご期待には沿えません。……わたくしは、オルタンツィア家のハウスメイド。そしてグレイスフィールお嬢様の御付きでございますから」

ご容赦ください。握られた手を解《ほど》いて、そう頭を下げるイーディスの背後から、

「――イーディス、どうして！」

遠くから、誰かが口を挟んだ。

「めったにない、大きなチャンスじゃないの。どうして」

――ロージィ⁉

思わず、立ち上がった。

「ローズ！」マリーナは目を見開いた。「いったいいつから聞いていたの」

「お嬢様の姿が見えないと聞いて……その――先ほどから」

ロージィの顔は青ざめていた。だいぶ前から聞かれていたのかもしれない。ひょっとしたら最初から……？

けれどイーディスはマリーナのことも、自分の前世のことも、努めて知らないふりをした。ゆるやかに、首を振る――横に。

「安心して。私はオルタンツィアの家で、やりたいことを見つけたの、だから、ここには来ないわ」

「……ねえ、どうして？　なんで……こんなチャンスを棒に振っちゃうの」

ロージィはいくらかふっくらして、肉付きもよくなって、顔色もいい。前にオルタンツィアで働

いていた時よりも健康そうに見えた。大丈夫だ。彼女はこのモンテスター家で生きていく。

そしてイーディスは、やりたいことをやるのだ。

「姉さんも言ってたでしょう。やりたいことを見つけた女の子は、強いのよ。そうでしょ？　生きてるかぎり、なんとかなるのよ。そして、やると決めたら、やるしかないの」

「……！」

そしてイーディスは、ローズマリーにすっと頭を下げた。

「失礼いたしました。マリーナ様の御靴が合わなかったようで、簡易的に手当てをさせていただきました。――わたくしはこれにて、失礼いたします」

「イーディス！」

マリーナが縋《すが》るように声をかけた。

「お友達として、手紙を送るわ！　それならいいでしょう？」

イーディスは振り向き、会釈した。「マリーナ様のお心のままに」

「イーディス。なぜ責めないの。……どうして、私を責めないのよ。あなた、馬鹿だわ。前からずうっと変わらない。私はあなたの、そういうところが……」

ローズマリーの目は真っ赤になっていた。イーディスはそっと彼女から視線を外した。

「元気でね、姉さん。私はずっと姉さんのことを思っているわ。大すきよ」

ローズマリーはそれ以上何も言わず、静かに涙を拭うと、座っているマリーナに向き直った。

そしてイーディスは、自分のお嬢様《マイフェアレディ》を探しにサロンへの道を駆け戻った。

6

サロンの部屋の扉が見えてきたその時、イーディスの目に入ったのは、壁にもたれ掛かってこちらをうかがう長身の影だ。

「……ツェツァン専務、またか……」

『ユーリ』

小さなボヤキまで聞き取って、口をへの字に曲げて――ユーリは訂正した。

『ユーリと呼べ、イーディス。あれから我《おれ》がどんな目に遭ったと思っている』

『あ、ああ……』

マリーナとヴィンセントを追うため、グレイスとともに外へ出るさいに、「ピアノを弾いて人目を引いておいてくれ」と頼んだ。そういえば。

『長いこと弾きどおしだった。お前たちが帰ってこないから。あの兄妹が帰ってきてようやく……』

『お、お疲れ様です。大変助かりました。このお礼は……ええとなにですればよろしいですか』

『……俺とモンテナに来い』

すねたように唇を尖《とが》らせて、美しい顔がイーディスを見下ろした。

『それは無理です』イーディスはきっぱり言った。『それだけは無理です』

『ならば』ユーリがずいずいと距離を詰めてくる。『対価はこれしかないな』

後ずさろうとするイーディスの手を掴《つか》み、その手袋越しの荒れた手に――唇が。

「ぁへあーっ⁉」

その感触が脳まで届いた瞬間、ひどく情けない声が出た。ユーリ・ツェツァンは硬直したイーディスを見下ろして、あの歯を剥《む》くような笑い方をした。心底楽しそうに。

『お前はつくづく面白い女だな』

――それ、どういう、いみ？

『……そうでなくては、手に入れた時の喜びが半減するというものか』

ユーリはそう言い残すと、イーディスから離した手をひらりと振る。

『支社に帰る。達者でな、イーディス・アンダント。我《おれ》のことを忘れるなよ』

――ソレドユイミ？　ナニ？

忘れるなよと言われても、忘れる方が難しいというものだ。こんな、こんなこんな。

「私、ただのメイドよ？　主人公《ヒロイン》じゃないんだから……」

そういうアプローチを受ける相手は、お嬢様やマリーナ様の方がふさわしい。そうに決まっている。こんな救貧院《きゅうひんいん》育ちの雑草みたいなメイドに、そんなのは似合わない。

「絶対、何か間違ってるわ、あの専務」

イーディスは火照《ほて》った頬を両手で包んだ。一丁前にドキドキしてしまうことが気恥ずかしい。

「……あの人のことは忘れよう、うん」

イーディスは頬をぱしんと叩いた。

こうしてマリーナのサロンは、波乱の中にありつつも、何とか乗り切ることができたのだが。

グレイスフィール、そしてオルタンツィア家には重大な問題が残されていた。誰もそのことに気づかなかった。

家長ヴィンセント・オルタンツィアを除いて。

第四章

1

今日こそ。

イーディスは腕まくりをした。掃除用のバケツを抱えて、手ごろな雑巾《ぞうきん》を拝借し、デッキブラシとハタキに……ありったけ掃除用具を用意したイーディスはそれを一度に持ち上げて、弁慶《べんけい》も真っ青な格好で階段上《アップステア》に上がる。たまたますれ違ったシエラが、目を真ん丸くした。

「イーディス、どうしたの、お祭りでもするの」

「まあ、そんなところよ」

イーディスの腕が悲鳴を上げていた。特にモップとバケツとバケツその二を同時に持っている左手の指が痛い。

「ごめんシエラ、ちょっと急いでるの」

「ああ、うん、……呼び止めてごめんね。仕事に戻るね、」

常におっとりしているシエラはふわふわと笑って階段を降りていった。おそらく彼女の仕事は、階段上の廊下の掃除か、窓拭きだろう。イーディスはいつも通りのシエラの表情の変化にまでは気づかなかった。

イーディスはそのまま、グレイスお嬢様の部屋の前へえっちらおっちらと掃除道具を運んでいく。今日という今日こそは強行突破させていただかなければならない。我慢の限界だ。

のろのろと廊下を歩いていたイーディスの耳に、ヴィンセントの低い声が聞こえてきたのは、その時だった。執務室の真ん前――つまりお嬢様のお部屋のすぐ隣。

「三日だ」

――え？

「三日でお前の有用性を証明してみせろ。できなければ、予定通り暇を出す。いいな」

イーディスは緑色の瞳《ひとみ》を一杯に見開いた。いったい何が。何が起こっているんだ。

本来の目的を忘れて足を止めてしまったイーディスの前に現れたのは――目を真っ赤にしたアニーだった。目が遇《あ》う。

がっしゃん。

イーディスの持っていた全てが、床に落ちてけたたましい音を立てた。アニーはそれを見もせずに、イーディスの前から走り去ってしまった。


「お兄様がハウスメイドに暇を？」

グレイスは作業の手を止めた。「それは本当なの？」

「はい、私の時のように……」

イーディスは散らかった掃除道具を放置したまま令嬢の部屋に駆け込んだ。一刻も早く事の次第を把握する必要があったからだ。

「現在、お屋敷に対して、メイドの数は足りないくらいのはずです。ベテランのアニーにクビを言い渡すなんて、ありえない。……なにより、メイド長が、アニーを手放すはずがないのに」

メイド長はアニーのことを買っているはずだった。よく働き、意欲もあり、何より誠意のあるメイドだと褒めていたはずだ。それが急にこんなひっくり返り方をするなんて、考えられない。

「……ハウスメイドのことは、あまりよく知らないけれど、あなたが言うんだったらそのメイドはできる子なんでしょう」

「その通りです、今の私よりできるメイドだと思います」

イーディスは令嬢の机にだん、と手を突いた。

「ですから、何かの間違いです」

「確かめる必要があるわね。お兄様が何の考えもなしにそんな行動をなさるはずがないもの。いちど、お話をする必要があるわ」

グレイスフィールはちらりと青い瞳をこちらへ寄越した。

「どういうことなんです、お兄様」

イーディスが散らかした掃除用具はやはりそのままに、二人は執務室に怒鳴り込みに行った。思った通りそこにはメイド長もいて、静かに項垂《うなだ》れていた。

「どうした、グレイス。新しい絵でも描けたのか」

軽く言い返すヴィンセントの目をまっすぐ見つめて、グレイスはずかずかと執務室へ入っていく。

「違います。……お屋敷のメイドに暇を出されるというから」

「ああ」ヴィンセントは頷《うなず》いた。

「二人に暇を出す予定だ。シエラ・フローライト。そして、アニー。この二名だ」

——シエラも⁉

イーディスは口を押さえた。ヴィンセントは妹と同じ色をした瞳を、イーディスに向けた。

「イーディスがよくやってくれているからな。人件費を削減してもよかろうと。そういうことになった」

「待ってください」

イーディスは口走った。

「待ってください、旦那様《だんなさま》。あんまりです。二人とも、今まで屋敷に尽くしてきた立派なハウスメイドです」

「だが、お前ほどではない。お前が一人いれば三人分の働きができるだろう」

がん、と頭を殴りつけられたみたいに視界が揺れた。

——そんな！

「それはキリエも認めている。グレイスの身の回りの世話に加えて掃除に洗濯、カトラリーの磨き上げ……」

「そんなことは、断じて、ありません！」

イーディスは勢いよくヴィンセントの前に進み出た。メイド長が飛び出してきて、その肩を掴む。

「イーディス、おやめ！」

それでもイーディスは止められなかった。滲《にじ》んできた涙が、視界をくもらせていく。

「そんなことは、ありません。誰一人欠けてはならないのです。お屋敷を回すためには、二人の力が必要なのです！　だって、」

「……では、仮に二人をこの先雇い続けていくとして。我が家の財政難をどうするかだ。トーマス」

トーマスが音もなく歩み寄って、ヴィンセントに一枚の紙を渡す。社長は眉間《みけん》に深いしわを刻み、その紙を凝視した。

「売り上げは下がり続けている。数字は上がっているが、安い紙として買い叩《たた》かれているから単価自体は下がっているんだ」

グレイスが重たい口を開いた。

「……そんな。そんなことって」

「グレイス。売上が全てではない……」

ヴィンセントはその紙を、見る影もなく散らかったデスクの上に放り投げた。

「取引先との伝手だ。賢いお前ならわかるだろう、僕がお前をモンテスター家の夜会に出そうとしたこと。そして僕たちが、モンテスター家のサロンに顔を出したこともそうだ」

伝手《つて》。イーディスは唇を噛《か》んだ。

「マリーナ嬢のサロンで有効な伝手を確保できなかった時点で、あのサロンに参加したことはオルタンツィア製紙《わがしゃ》にとって無駄だったんだ」

「あっ……」

グレイスが絶句した。兄の言わんとすることを、ようやく呑《の》み込めたようだった。

「……伝手が手に入らなかったことは、もういい、できることをやるまでだ。工場の生産ラインを減らすわけにはいかない。単純に売り上げが落ちる。そして、工場の人員を削減するのも不可能だ。これ以上は減らせない。原材料を替えるなんてもってのほか……ならば答えは一つ。家の維持にかける金を減らすことだ」

「……その通りでございます」トーマスが同意した。

「これ以上削減できる費用があるとすれば、この屋敷の維持費用にございます。二人の一年分の給与を考えますと……このくらいは」

紙に書かれた数字を見せられて、グレイスが細い声で尋ねた。

「ねえ、お兄様。……本当に何とかならないの?」

「もう一つ方法があるとしたら、……お前が資産家のもとに嫁ぐことだな」

イーディスは泣きぬれた顔でグレイスを振り返ってしまった。グレイスはグレイスで、兄を凝視《ぎょうし》していた。ヴィンセントの低い声が響く。

「……相性のよさそうな家はいくつか見繕ってある。お前の返事次第で、いつでも申し込める」

執務室には五人分の沈黙が重く落ちた。誰もその空気を拾い上げることができなかった。グレイスも、そしてイーディスも。

かすれた声で、グレイスは尋ねた。

「おにいさま。いったいいつから……いつから、悩んでいらしたの」

「お前が社交会に出たくないと言った時から」

ヴィンセントはデスクの上を見て、薄く笑った。何かから逃避するように。

「それともお前の言葉を聞かずに、ツェツァン社の申し出を受けていればよかったんだろうか……いや、でもイーディスは通訳として利用できるから……今更だな」

ヴィンセントはうつむいてぶつぶつと呟《つぶや》き始める。グレイスも、イーディスも、黙り込んでしまった。


――どうしよう。アニー、シエラ……。


部屋に戻ったグレイスとイーディスは、途方に暮れていた。

「状況を整理いたしましょう」と声を上げたのはメイド長のキリエである。

「猶予は三日でございます。それまでに彼女たちの有用性を証明できるか。あるいは、まとまった資金の調達が見込める状況を旦那様に提示する。そして、あるいは――」

言葉の先はなかった。汚部屋《おべや》の主は沈黙したまま、頬杖《ほおづえ》をついて空を見ていた。

「お嬢様……」イーディスは思わず声をかけてしまう。

「……わたくしが嫁ぐことで後ろ盾を得て、糊口《ここう》をしのぐ。これが一番手っ取り早いわね」

「しかしながら、わたくし共はお嬢様のお心を尊重したいと考えております」

メイド長は汚部屋を見渡してから、令嬢の顔をうかがった。

「本当にそれでよろしいのですか」

「よくないわ」

グレイスは即答した。「だって、仮にわたくしが嫁いでも、得られる利益はおそらく一時的なものだから。長期的に考えると、あまりよくない。お兄様が言った通り、人件費を削減するのが最も合理的」

イーディスは声を詰まらせた。

「お、お嬢様……」

グレイスは顔をあげた。

「そして、わたくしにはやりたいことがある」

細い指はデスクの上に散らかっている紙の上を撫《な》でる。精緻《せいち》な花や、生き生きした女の子の笑顔。

「きっと嫁いだら、今のようにはいかない。きっと許してもらえないわ。わたくしが……画家として大成したいだなんて」

グレイスは頭を掻《か》きむしる。

「でもね、やりたいことがあるからって、二人を見捨てたいわけではないのよ。わたくしもできることはやるつもり……でも、資金の調達なんて、伝手もなければ、めども立たない」

グレイスはそこまで早口で言い切って、まるい頬を潰《つぶ》した。

「もう少し経済のお勉強をしておくべきだったわね……参ったわ」

「猶予が三日なのは変わりありません」

メイド長が呟く。「イーディスの時と違い、明確な目的がない。旦那様の言い渡した猶予は、おそらく荷物をまとめるための猶予でしかありません」

「三日もある、けど」

イーディスは呟いた。三日。二人を救うための日数にしては短すぎる。

三日で、二人の首を繋《つな》ぐ方法をイーディスは知らなかった。イーディスもまた帽子を外して、ぐしゃぐしゃと頭を掻きむしった。メイド長がとがめるような声を上げたが、どうしようもなかった。本当は叫びながら屋敷中走り回りたいくらいだった。

どうすればいいんだ。どうすれば。から回ってばかりいるエネルギーの行き場をイーディスは見つけられない。

「それとも、新商品でもあればいいのかしら。即戦力になる、オルタンツィア製紙の新しい商品が」

ふと思いついたようにグレイスが振り向いた。白い頬にべったりと黒インクが付いているのを見て、メイド長がハンカチを取り出し、その頬を拭《ふ》く。頭をぼさぼさにしたイーディスは大声を上げた。

「あぁー!」

「えっ?」

グレイスが顔をあげ、

「は？」

メイド長は頓狂《とんきょう》な声を上げて振り返る。汚れたハンカチを握りしめたまま。

イーディスは興奮気味に足踏みをした。

「ティッシュ。お嬢様。ティッシュです！」

「ああーッ！」

『そういえば、ティッシュがない、この世界』

令嬢は立ち上がって、イーディスの手を掴《つか》んだ。

「それだわ。……それだわ‼」

そうだ。手に付いたインクを拭き取るための紙も、余分なインクをペン先から吸い取るための紙もない。グレイスは頬や髪を汚しながら作業をしている。そうだ。もし、インク仕事をする人々がこの世にいるのなら、同じような悩みを抱えているのではないだろうか？　布の代わりに使い捨てにできる、コストのかからない紙があれば。

「ナイス！　イーディス、ナイスアイデア！」

「我ながらめちゃくちゃ冴《さ》えてると思います」

「本当にその通りよ、あなた最高。最高よ。さすがわたくしのメイド」

二人で盛り上がる少女たちに置き去りにされて、メイド長は瞬《まばた》きを繰り返している。

そうだ。ティッシュを開発する。ティッシュのないこの世界で。

「そうと決まったらお兄様へのプレゼンテーションの用意をしなければならないわ。イーディス、手伝ってくれる？」

「もちろんです！　ああ、三日もあってよかった！　まだできることがある……！」

イーディスは初めて星辰《アストラ》の女神に祈った。

――ありがとう女神様ッ！　最高女神様！

「良かったというほど猶予はないけど」グレイスがイーディスを抱きしめた。「大丈夫よ、わたくしがお兄様を止めてみせる」

メイド長はむつまじい二人の様子を何か言いたげに見つめていたが、敢えては何も言わなかった。

グレイスはイーディスから体を離すと、再び散らかったデスクに向き合って、新しい紙を引っ張り出すと、そこに勢いよく字を書き始める。

「キリエ、イーディス。これより当社の新商品のプランを練ります。二人には協力してもらわねばならないわ。いい？」

「もちろんにございます」

「はい！」

「キリエはこの部屋に。わたくしからたくさん質問をしますから、それに正直に答えてちょうだい」

「かしこまりました」

メイド長が促された椅子に座る。グレイスはイーディスを見た。

「イーディスはティッシュの特徴を知っているわね。だから、このお屋敷に関わる全員に、ティッシュについてどう思うか聞いてきて。率直《そっちょく》な声を期待してるわ」

「かしこまりました、お嬢様！」

「その髪型は何とかしてからの方がいいわよ」

「はい！」

イーディスはぐちゃぐちゃの髪の上に無理やり帽子を被《かぶ》せた。グレイスが「もう、仕方ないわね」とばかりにため息をついた。


「布みたいに柔らかい紙があったら？」

デアンは香草の粉末まみれの手を持て余しながらイーディスを見つめた。

「そう。それで一回使ったら捨ててもかまわないの」

「お客様にお出しする紙ナプキンとどっちが柔らかいんですか？」

「その新しい紙の方が柔らかいわね」

デアンは少し考えて、自分の手を見下ろした。

「たとえば、この手も拭けますか？」

「そうね、そういう手を『何で拭くか、それとも洗うか』を考える手間は減るかもしれない。そういう万能の紙なの」

「なるほどね。いいんじゃないですか？　厨房《ちゅうぼう》では工程ごと毎回手を拭かなきゃならないし、その手拭きの布も消毒しなきゃならないんです。それに作業台に飛んだソースとかも、雑巾《ぞうきん》みたいな布で――」

――なるほど。


「新しい紙を開発したい？」

ジェーンは咳《せき》込《こ》みながら暖炉の掃除をしていた。鼻水が垂れている。彼女は器用に片手でハンカチを取り出して鼻をかむと、イーディスを胡乱《うろん》な目で見上げた。

「お嬢様が？」

「そうよ。お嬢様の発案で新しい紙を開発するから、聞き込みをしているの。柔らかくって何にでも使える万能の紙、ティッシュよ」

「ぐすん。……そう。じゃあ頑張って。私は忙しいから……」

「柔らかいから何回鼻をかんでもひりひりしにくいのが特徴よ。布よりも柔らかいの。ハンカチと違ってすぐに捨てられるから汚くないし……」

ジェーンは真っ赤になってしまった鼻を光らせ、しわしわのハンカチを手に振り向いた。

「――ちょっと興味があるわ」


――手ごたえありだ。

「やわらかいかみ？」

冬の庭で遊んでいたジョン爺《じい》の孫は首を傾《かし》げた。彼女の手元でオルゴールの天使がくるくると回り、懐かしい音楽を奏でている。

「やわらかいかみなら、お花包めるねえ」

「そうね。いろんなものが包めるわね」

「どんぐりも包めるねえ」

幼い瞳《ひとみ》がイーディスを見上げる。

「でも、それならきれいなハンカチでもできるかも。リタ、きれいなハンカチすき」

イーディスはひそかに唸《うな》った。

——ああ、そうか、この世界には使い捨ての紙の文化がまだ根付いていない……。

鼻をかむのも、傷口の血を拭《ぬぐ》うのも布だ。そして洗って繰り返し使う。見苦しく汚れきったら捨てる……。

「ねえ、きれいなハンカチを捨てなくてもいいことになったら、素敵だと思わない？」

「それはそうかも。お花柄のハンカチも、お星さまのハンカチも、捨てちゃうとき悲しかった」

「そうよね……」

イーディスは少女の頭を撫でた。

「私のお話、聞いてくれてありがとうね」

背後にそびえたつオルタンツィア邸を仰ぎ見る。この大きなお屋敷の中で、アニーとシエラは働いているのかもしれない。……クビになるその日を恐れながら。

「……」

イーディスは踵《きびす》を返すと、オルゴールのあたたかな音を背に、令嬢の部屋へ戻った。


「……というわけです、お嬢様」

「よろしい」

イーディスがほぼ全員に聞き込みした結果を取りまとめて報告すると、先ほどよりもインクまみれになってしまっているグレイスが目を爛々《らんらん》と輝かせた。部屋にメイド長はもういなかった。さすがに仕事に穴を開けると思ったのだろうか。それともお嬢様が解放したのだろうか。

イーディスもこんな夕方まで屋敷を歩き回っていたのだし、どちらもありえる。

「よし。いいプレゼン資料になりそうよ」

「よかったです」

「明日中のプレゼンは無理そうだから、明後日。賭《か》けるしかないわ。お兄様が新商品に乗ってくれるかどうか……乗せてみせるけど」

グレイスの青い瞳は紙の上を走っていく。いつもは流れるような筆致が少し乱れている。思考の方が先に走っているのかもしれない。手が追い付いていないのだ。

「明日の昼食は覆いをして、廊下に置いておいて。明日は集中して資料を作りたいの。キリエにもそう伝えておいたから、イーディスは、明日はお屋敷の仕事をしていて。どうしても何かあったら、呼びに行くわ」

「かしこまりました」

「……夕食の前に着替えないといけないわね」

汚れてしまったワンピースを見て、グレイスが呟《つぶや》く。「せっかくの外着だったけど」

「ならば、私は明日、お洗濯をしましょう」イーディスは汚れたインクの染みを観察した。

「お洗濯なら、プロを二名ほど知っていますので。ついでに、溜《た》まっているお洗濯ものもございますから、三人で手分けしましょうか」

グレイスは目を細めた。「じゃあ、お願いするわ。あなたと、その二人に。頼めるかしら」

「もちろんでございます」

イーディスは頭を下げた。その時帽子が落ちて、ぐしゃぐしゃの髪が再登場する。グレイスはぶっと吹き出し、イーディスは頭を押さえて笑った。


「ねえ、お兄様」

夕食の席、顔や腕の汚れを洗い落としたグレイスが、ヴィンセントをまっすぐ見据えた。

「メイドをクビになさるというお話、一度止《や》めることはできませんこと?」

「止めるとは？」

グレイスは目を伏せ、完璧《かんぺき》な所作でステーキの肉を口に運んだ。ひとしきり咀嚼《そしゃく》を終えてから、再び兄を見つめる。

「一度保留にすることはできませんか？」

「……保留にしてどうなる」

「わたくしに新商品の案がありますの。今はその計画をまとめているところですわ。明後日には、プレゼンテーションができる予定です。予定を空けていただくことはできますか？」

ヴィンセントは眉間《みけん》にしわを寄せた。冗談だろう、と言いたげだ。

「既存製品への投資もままならない状態で、新製品を？」

「ですから、保留ですのよ。わたくしは、まだ誰かのもとに嫁ぐことはできませんし――」

「ならなおさら、人件費削減を行うべきではないのか」

ヴィンセントの声は険しかったが、グレイスは退《ひ》かない。

「わたくしの手もとに、当社の起死回生の案はありますけれど」

断固とした声音に、ヴィンセントがひるむ。

「今すぐ、この時、この瞬間に、お兄様の手だけで、この家の問題を解決することは困難ではありませんこと？　この家の経済状況に関しては、わたくしにも責任の一端がございます。ですから、相応の足掻《あが》きをさせてくださいませんか」

「グレイス……」

「そして、……お兄様。対価も何もなしに、何もないところから、いきなりお金ががっぽり入ってくるなんてことはありませんのよ。わたくしが嫁いだからといって同じことですわ。——そしてお兄様がどなたかと縁を結んでも、同じですわ。一瞬の資金のために、他をおろそかにしていいわけではないのです。何か、切り札を作っておく必要があります。違いますか」

「……」

「他人に頼ったり、切り捨てたりするのは……わたくしたち自身で、足掻いてからでもいいとは思いませんか、社長《たいちょう》」

ヴィンセントは頭を抱えてしまった。グレイスにはわかっていた。先代の社長が残していた財産も、もはやないのだろう。秀麗な顔にくっきり浮き上がっている目の下の隈が全てを物語っている。

「話だけは聞こう。だが、人件費削減については……」

「ですから、保留に」

「……難しいことを言うようになったな、グレイス」

グレイスは静かにフォークとナイフを置いた。

「ヴィンセント社長。今はわたくしの顔を立てると思って、こらえて、呑《の》んでください」

そして——そっと頭《こうべ》を垂れる。

「お願いします」

細く、長いため息がテーブルの上に満ちた。

「……わかったよ、グレイスフィール。お前の意見を呑もう。ただ、お前のプレゼンテーションが、我が社に利益をもたらさないと判断したら、その時は、わかっているな。私の判断に従ってもらう」

「わきまえております」

グレイスは下げた頭のまま、応えた。「必ず社長を納得させてみせますわ」


翌日、イーディスはグレイスが起きたのを確認し、山のようになっている令嬢の服を全て運び出した。ウォーク・イン・クローゼットの中でカビ臭くなっているものにまでは手を付けられない。だから、表に山になっているものだけを選び出したのだが……。

——多い！　量が多い！

廊下に出すだけでも一苦労なのに、これを外の洗い場まで持っていくのはもっと骨が折れるだろう。

その時、メイド長の声が聞こえた。

「連れてきましたよ、イーディス」

メイド長の背後には、アニーとシエラが立っていた。

「ありがとうございます、メイド長」

シエラはこちらを見て「大変そうだねえ」と呟いているが、アニーの方は口を開かず、きっと唇を引き結んで、血走った目で、あらぬ方角を凝視していた。

——アニー。

「シエラ、アニー。手伝ってほしいの。お嬢様のインクまみれの服から、インク染みを抜きたいのよ。――ほら。二人は、私より洗濯が得意だから」

「うん。インク染みくらいならなんとかなりそう。まかせて」

シエラが明るく言う。一方アニーは無言のまま、女主人の洋服をひっ掴んで抱えた桶《おけ》に詰め込み始めた。シエラも慌ててそれに従う。

「ではイーディス。……アニー、シエラ。今日もよく勤めなさい」

「はい」

メイド長は去っていった。残されたのはどこかぎくしゃくとした三人のメイドだけだった。


水を汲《く》みだす井戸の隣で、桶の水に浸した衣類をごしごしと擦《こす》っているアニーは、どこか上の空なのに、ひたすらに何か一つを見据えているような切実さをたたえていた。それは諦《あきら》めに似ていた。

アニーはイーディスと同じく、孤児だ。しかも、先代のオルタンツィア社長に拾われた孤児で、この屋敷で育ってきた。だから、メイドをやめたとしても、帰る家があるシエラとは全く境遇が異なる。アニーにとってここは、家なのだ。

『物乞《ものご》いでもするの？　これから冬になるっていうのに？』

かつてイーディスがクビになりかけた時、アニーはそう言っていた。アニーもまた、その未来を見据えて途方に暮れているみたいだった。

「アニー」

「なに」

「お嬢様が、新商品のプランを練ってる」

「そう」

ぶっきらぼうな返事が痛い。

「新商品のプランを提案して、旦那《だんな》様にクビを取りやめてもらうように取り計らっているわ」

「……そう」

アニーの手は止まらなかった。乾いて固まったインクが水の中で溶けていく。肘《ひじ》まで真っ赤になるような冷たい水の中で、アニーは手を動かし続ける。シエラが耐えかねたように言った。

「アニー。お嬢様が頑張ってくれてるって。イーディスがそう言ってるのに……」

「──あんたにはわからないわよ、シエラ。帰る家がちゃんとあるあんたには」

アニーは早口で言った。シエラは黙ってしまい、困ったようにイーディスを見つめた。イーディスもそんなシエラを見返して、そしてアニーに視線を戻した。

「あたしも、イーディスみたいに、うまくやればいいけど」

アニーは洟《はな》をすすった。「イーディスみたいに、モンテナ語の才能があればよかったけど。あたしには、そんなのないし、ただ、洗濯して掃除して、部屋を綺麗《きれい》に整えて、それだけできてればいいって、……社長に言われたみたいに、従順でいさえすれば、大丈夫だって思ってた。いままで、屋敷のために、屋敷のためにって……」

ぽたぽた、彼女の顔から水が滴って、桶の中に吸い込まれていく。シエラがハンカチを差し出そうとしたが、イーディスはそれを止めた。

「やっぱり、割りを食うのは弱い奴《やつ》なんだ。あたしが、孤児で、読み書きできなくて、なんの才能もないから……」

泣きぬれた顔をあげたアニーを、イーディスは抱きしめた。

「アニー。前に言ってくれたよね。友達だって。一番気の合う友達だって」

彼女の赤い髪を無理やり、自分の肩口に押し付ける。

「私もそう思ってる。だから全力を出すわ。信じて。お嬢様を……私を信じて」

アニーの喉《のど》から嗚咽《おえつ》が漏れた。イーディスは力いっぱい彼女の嗚咽を吸い込んだ。

「イーディス……あたし、ここにいたい……」

アニーの言葉は、孤児のイーディスに深々と突き刺さった。それは、最初にクビを突きつけられたイーディスが無意識に避けていた、怖れそのものだったから——涙ぐむイーディスの隣で、シエラが一人べそをかきながら、もくもくと仕事を続けていた。そう、シエラだって。

——ここにいたい、はずだ。

「……まかせて」

イーディスはかつての自分を勇気づけるように、アニーの肩を掴《つか》んだ。

「私は、私にできることをするわ」

——やる。そして、やると決めたら、やるしかない。

イーディスは二階を見上げた。グレイスがそこでプランを練っている。

「お嬢様。失礼いたします。お洗濯が一段落《いちだんらく》したのでご様子を――」

「イーディス。ちょうどよかった」

頬を真っ黒にしたグレイスが、インクまみれの指を作業着で拭《ふ》きながら、まだ乾き切らない文字を見下ろしている。

「これ、どうかしら。なかなかいいんじゃないかと思うのよ」

「……読めません」

「そうだったわね。たまに忘れちゃうのよ。あなたしっかりしてるから」

グレイスは爪に入ったインクに顔をしかめつつ、プレゼンのタイトルを読み上げる。

「ええと、いくわよ。『これからは消費。使い捨ての紙を普及させることで生活の質を上げ、流行を作る。目指すは布に代わるティッシュ時代……』」

「待ってください、それプレゼンタイトルですか？」

「長い方がいいかと思って」令嬢は汚れきった指で頬を掻《か》いた。

「『布のような紙・ティッシュの開発計画』、じゃダメなんですか？」

グレイスの瞳《ひとみ》がふよふよと泳いだ。

「……一回聞いただけで大体の内容がわかった方がいいかと思って……」

イーディスは額に手を当てた。

「もっとタイトに、何のプレゼンを行うかをはっきり言葉にするべきです」

「じゃあ、『布のような柔らかい紙・ティッシュの開発提案』でいいかしら」

「そうそう」

しぶしぶ書き直しを始めるグレイスを見て、イーディスは一抹の不安を感じ始めた。大丈夫だろうか。タイトルのほかも……。

「――お嬢様。念のため全部読み上げてみてください」

「え、ええと」

グレイスはプレゼン資料を読み上げ始めた。思った通り……イーディスのツッコミがさえわたり、グレイスが半日かけて作った資料は十分程度の指摘で七割ほど書き換えることになった。

ひーひー言いながら、ぷるぷるする利き手を酷使する令嬢の横で、イーディスは目を伏せて帽子を弄《いじ》った。

「お嬢様、ひょっとしてプレゼンテーションは苦手でいらっしゃる……？」

「そんなことないわよ！　もう！　もう！」

グレイスは半泣きで新たな紙に新しい資料を作っていく。イーディスはその様子を見て、ふむと考え込んだ。

「それにしても……資金面の説得力が弱すぎませんか？」

「ぐうっ。そんなのわかってるわよう……」

グレイスのプレゼン資料には圧倒的にヴィンセントの「資金面の不安」への解決策が足りない。

「なんとかやりくりして資金を捻出《ねんしゅつ》する、では旦那様は納得なさらないのでは？　ヴィンセント様はお嬢様とは違って、気が長い方《かた》ではなさそうですし……」

「そんなの……」

先のセリフを繰り返しそうになったグレイスは、自分の握りしめたペンの先を見つめて、突然大声を上げた。

「ああ！　そうだ！　その手があったじゃないの！」

「……どうされました？」

「イーディス。――お使いを頼まれてくれる？　お兄様と違って気が長い方におねだりをしてきて」

「は。おねだりィ？」

声が裏返ってしまった。

グレイスはぐちゃぐちゃの紙をいちど机の横に押しやって、作業着でごしごし手を拭いて、便箋《びんせん》を取り出した。なぜかにやにやしている。

「あの、お嬢様。おねだりっていったい」

「そんなことより金策よイーディス。トーマスを呼んできてちょうだい。あなたは訪問着に着替えて。いいえ、好きなものを着て。貸すから」

「えっ」

「とにかくよ、すぐに外出の支度をして。今日中にカタをつけるわよ！　下手《へた》をすると夕飯に間に合わないわ、早く」

「ええっ？」

グレイスの青い瞳がギラッと輝いた。

「イーディス、全部があなたにかかってる。いい？　思いっきり着飾りなさい」

「え、ええ、はい、……はい？」

イーディスは何がなんだかわからないまま、令嬢に服を押し付けられた。

2

翌日の朝、朝食を終えた兄妹は、社長執務室で向かい合っていた。

「お兄様。準備はよろしくて？」

グレイスが差し出した紙の束を受け取ったヴィンセントは、目の下に隈《くま》を作りながらも、さらりと前髪を撫《な》でつけてそのタイトルを読み上げる。多少やつれていても、様になった。

「布のような柔らかい紙？」

「ええ、そうです。わたくしから本日提案するのは、柔らかくて薄い紙、『ティッシュ』です」

「てぃす？」

「ティッ、シュ、と発音するのですわ」

そしてグレイスはワンピースの裾《すそ》を翻して、イーディスの差し出す紙を受け取ると、それを執務机の上に広げた。

「こちらをご覧くださいませ。このデータは、屋敷の雑布《ぞうきん》の一ヶ月の廃棄量です。布は清潔でなければならず、清潔さを失えば雑巾になり、雑巾として使った後はそのまま捨てるほかございません。そう、ハンカチも同様ですわ。お兄様もおわかりでしょう」

「あ、ああ。それがどうした」

ヴィンセントは、布の話をされて困惑している。それもそうだ。「紙のプレゼン」なのに、布の話題から入ったためだ。社長は困ったように、グレイスをじっと見上げた。

「紙がここにどう関わってくる？」

「――そしてこちらが、我が家における、その清潔な布のひと月の購入額ですわ。このうち三割ほどは、すぐに汚れてしまって雑巾になりますの。清潔な布は安くともこれくらい。そんなに安くはございませんね。これはキリエの計算によると全経費のうちこのくらい――」

「だから紙がどこに関わってくるのだ」

「こちらは『前提』になります。前提を終えるまではまず、口を挟まないでくださいまし」

グレイスはぴしゃりと言った。ヴィンセントは黙った。気を取り直したように、グレイスは再びイーディスの持っている紙の一番上から資料を取り上げた。

「さらに、こちらが屋敷の者の声になります。ちょっとした油汚れ、落ちにくい食材の染み、そして煤《すす》や泥はね。インクの染み。これらが、布を雑巾にするきっかけを多い順に並べておりますの。

キリエによりますと、清潔な布として購入したものの一割が一週間で廃棄されます」

「……屋敷の維持のために、布がこんなに使われていたとは」

「ですが、わが社の紙は安いことが売り、ですわよね」

グレイスはにっこり笑った。そしてまたイーディスの手から紙を取り上げて、ヴィンセントの前に叩《たた》きつけた。

「そこでご提案するのが、布のように柔らかく何にでも使える紙、新聞用紙よりも柔らかく、破れやすく……同時に肌触りのよい、ティッシュです。これをちょっとした汚れを拭き取ることに使えば、布の消費量を抑えることができますわ。この紙は肌に触れても痛くないほど柔らかいものですので、洟《はな》をかんだり、ケガの簡単《かんたん》な手当てに使うことも可能です。そして使ったら捨てることができます。使い捨てが前提ですの。そして、安価に大量生産することができるようになれば、一定の需要と一定の売り上げが見込めるのです」

「なるほど。布の代わりになる紙か」

ヴィンセントはいちど、頷《うなず》いた。そして首を傾け、頬杖《ほおづえ》をつく。

「しかし……どうやって作るんだ。アイデアとしては悪くないが、当社には設備がない。設備から作らなければならないとなると、多額の資金が必要になる。しかも、前提は大量生産なのだろう？そのあたりはどうするつもりだ」

「……どのように作るかは、わたくしも、よくわかっておりませんの。ですから、研究開発が必要になるかと思います。大量生産にこぎつけるためには、長い時間が必要になりますわ」

「なッ……」

ヴィンセントは絶句した。
一、二を争う心配事がどちらも「ノープラン」だと言ったようなものだからだ。
新製品の作り方はわからない。そしてその資金もあてがない——ヴィンセントは石のようになってしまった。製品が売れなければ、もちろん儲《もう》けもないのだから、ヴィンセントが求めているものは「なに一つない」ように受け取られても仕方がない。

「グレイス……根本的に、何かが欠けているとは思わなかったのか……」

頭を抱えるヴィンセントに、グレイスは腕を組んで胸を張ってみせる。

「大丈夫ですわ。資金面は、今回は心強い味方がおりますの。ね、イーディス」

そう、もちろん無策ではない。水を向けられたイーディスは苦笑した。そして、軽く頭を下げる。

「……このたび、ツェツァン硝子《ガラス》工業の専務様から、新製品の開発のための資金援助を受けることができる運びとなりました。先だって専務から言伝《ことづて》をお預かりしております」

「えっ」

ヴィンセントがぽかんと口を開けた。「専務が。なぜ?」

「少しばかり、ご縁があったのですわ。ツェツァン社でも、新しい製品の普及を進めておいでです。その名も『ガラスペン』。そのペンと、わが社のティッシュが、非常に相性がいいのではないかと、お話を持ち掛けたのです。専務は快諾してくださいました」

グレイスはにこにこと手を握り合わせた。

「そのペンがこちらにありますわ。お兄様、どうぞ」

昨日、イーディスが日本語の文書を持たされて急遽《きゅうきょ》向かったのは、他でもない、ツェツァン社のレスティア支社だった。トーマスの車で無事支社に送り届けられたイーディスは、夕暮れの時刻にユーリと会った。イーディスです、と名乗るが早いか、顔パスもびっくりな速度でガラス会社の重役と会うことになる。

——こういうのって、まず窓口になる人が……いや、でもユーリ・ツェツァンだからなぁ……。

イーディスはあまりの対応の早さにたじろぎながらも、あくまでオルタンツィアからの使者として振る舞う。粗相のないよう、気を遣いながら。

『その気になったか、イーディス』

『ツェツァン専務。そういった用件ではなく……グレイスフィールお嬢様から、文書を預かってまいりました。こちらを』

ユーリは撫でるようにさらりとそれを読むと、煙管《きせる》の灰を落とし、深く息を吐いた。

『——ガラスペンとは、あの女狐《めぎつね》もよく目を付けたものだな。めったに流通しないものを』

『……お嬢様を侮辱なさるような発言は控えてください』

『おっと、そうだった、レディースメイドのイーディス』

言いながら、ユーリは便箋を取り出すと、さらさらと、やはり日本語を書いていく。だから、イーディスにも難なく読めた。

「こちらも世界的にガラスペンの普及が進むなら、協力したい。詳しい融資の額、条件はのちほどすり合わせを行う。社長殿とじっくり話し合って決めよう――」

「えっ？」

正直、頷いてくれるとは思っていなかった。「最悪イーディスが泣けば何とかなるわ」とグレイスは鼻息荒く言っていたけど、イーディスが泣く必要もなく、すんなりと話は進んでいく。驚くほどなめらかに。

『なぜです？　オルタンツィアはともかく、ツェツァン社に利益があるとは思えません』

『なぜだと思う？』

ユーリは、訪問着で着飾ったイーディスを見返して微笑《ほほえ》んだ。外向きの麗しい笑顔だった。

『……わたくしに面と向かって言えないような下心がおありで？』

『それもある。少なくとも、あの女狐……グレイスフィール嬢はお前より駆け引きがうまいとみた』

困惑するイーディスに、ユーリは承諾の文書を手渡す。長い指が差し出すそれを、イーディスは両手で受け取った。

『心から感謝いたします、専務』

『では、ヴィンセント社長に言伝を――』

――インクに浸したペン先で文字を書きながら、ヴィンセントはうーんと唸《うな》った。

「ご覧ください、ガラスの美しさもさることながら、インテリアとしてもよし、実用品としてもよし、ご令嬢やご婦人に人気が出るであろうことは間違いなし。ですがなかなか売れないようなのです。……問題なのは、後処理。わたくしが使っているつけペンと同じように……」

「インクか」

「ええ、つけペン同様、こちらのペンも、残ったインクは綺麗《きれい》に洗い落として、布で拭《ふ》く必要がございます。その手間がいまいち、……単純に、面倒なのです。ですがティッシュが開発できれば、全て解決しますのよ。ティッシュは紙ですので、少し濡《ぬ》らして、拭いたら捨ててしまえばいいだけです。つまるところ、ガラスペンの使用コストが減ると考えてもらえれば」

ヴィンセントはガラスペンをまじまじと見つめた。

「ティス……それを、わが社で開発すると？　この『ガラスペン』とセットになるよう……」

「――ええ、そういうことになりますわ。ツェツァン専務の融資の条件も『柔布のような紙』の開発費用として。これは乗らなければ、損です。……そうですわね、ガラスペン用に、インクのにじみにくい紙を開発してもよろしいかもしれません。専務に掛け合ってみてはいかがでしょうか。――確かお兄様はインク会社の社長ともお知り合いでしょう。インク・紙・ガラスペンと揃《そろ》えば、素敵な文具のセットができましてよ」

グレイスは弾丸のように言い終えて、ふうと息を吐いた。そして笑ってみせた。

「いかがでしょうか、社長」

ヴィンセントは唸った。そして、イーディスを見た。

「専務はもうじき母国に帰ると仰《おつしや》ったのだったか。イーディス」

なぜ私に聞くのか、と思いながら、イーディスは頭を下げて答える。

「はい。あと一週間ほど滞在のご予定と伺っております。専務より旦那《だんな》様に言伝が。……『良い返事を期待している』とのことです」

「――すぐに連絡を。トーマス。正式に書類を送る。予定を付け次第、ツェツァン専務を迎える準備を整えておいてくれ」

「かしこまりました」

「イーディスには当日の通訳を頼もう、いいか、グレイス」

「もちろんです。ね、イーディス」グレイスが尋ねる。イーディスは二つ返事で応じた。

「喜んで」

矢継ぎ早に指示を飛ばしたヴィンセントは、最後に妹を見据えた。久しく見なかった、彼の笑顔があった。

「よくやったな。……グレイスフィール」

「うふふ。やったわ。お兄様に褒められた！」

グレイスはイーディスの腕に抱き着いた。イーディスも令嬢の方へ体を傾けた。

「イーディスがいなかったらきっと成し遂げられなかったわ」

「いいえ、お嬢様の努力とひらめきの賜物でございますよ」

そんな二人を、ヴィンセントは微笑みながら見つめる――そしてその日を境にオルタンツィアの屋敷は、にわかに忙しく回り始めた。

『イーディス、考えてくれたか』

『商談にいらしたんでしょう。私のヘッドハンティングではなく』

数日ぶりに会うユーリは全くイーディスのことを諦《あきら》めた様子がない。イーディスはヴィンセントに見られぬように顔をしかめた。

『お断り申し上げます』

『つまらん女だ』

ヴィンセントがゆったりと応接室のソファに腰かけた。イーディスはその前に二人分の紅茶を出す。熱い紅茶の湯気をふうと吹き、ヴィンセントが切り出した。

「専務。この度は妹の申し出を受けてくださって感謝します」

『こちらこそ、わが社の製品の可能性を広げたいと思ったまでだ。頼もしい新商品ができるのを楽しみにしている』

──なんだ、普通に商談できるんじゃないか。

『……これで通訳も譲ってくれたら言うことはないんだが』

……イーディスは全てを無視したが、ヴィンセントがまっすぐな瞳《ひとみ》でイーディスの訳を待っているので、仕方なくあたりさわりのないことを伝える。

「専務は、わたくしのことをお褒《ほ》め頂いたようです」

「そうか、そうか。……ありがたい」

ヴィンセントはご満悦だ。イーディスはほっと胸を撫《な》でおろして、ユーリをじいっと睨《にら》んだ。

ユーリは楽しそうに歯を剥《む》いて笑っていた。

――このやろう。

イーディスは適切に通訳をしながら、窓の外を見た。吹き付けてくる冷風と雪が季節を知らせる中で、アニーとシエラのことを思った。

二人は今日も働いているはずだ。クビを回避したはいいが、ティッシュの開発の如何《いかん》によってはまた話がぶり返してくる可能性がある。

――気は抜けないのよ、イーディス。これがビジネスなんだから。

イーディスはひそかに拳《こぶし》を固める。

具体的な数字が何回も飛び交い、何度も議論が交わされた。金額の話は当然のごとくシビアで、お互いに会社の命運を握っている立場にあるためかここは譲れないという引き際があり、そのすり合わせにかなりの時間を要した。しかし、グレイスの目論見通りというか――ティッシュの存在をすでに知っている「流星の子」ツェツァンは、その有用性を認めており、それが幸いした。

商談が終わったのは夜だった。普段ならとっくに夕食を摂っているくらいの時間である。外は真っ暗だった。イーディスは通訳としてユーリを見送るために庭へと出た。

「では、よろしくお願いいたします」

『ああ、こちらこそ。成功を祈っている』

頭を下げるヴィンセントの横で、イーディスは闇の中のユーリを見た。ユーリも、イーディスを見ていた。

『イーディス』

呼びかけられ、はっと背筋を伸ばしたイーディスのもとへ、低い声が降ってくる。

『お前にやる』

細長い箱に緑色のリボンを掛けたものが、イーディスに押し付けられた。

『えっ。う、受け取れません』

『お前のために作らせた。他の奴《やつ》にやるつもりはない。いらないなら捨てても構わない』

『え、ええ……』

そこまで言われたら、受け取るしかなくなってしまう。ユーリは箱を受け取ったイーディスを見て、目を細め——名残惜しげに、踵《きびす》を返した。

『達者で、イーディス』

——この人のことは、本当にわからない。……わ、わからない、ことに、して、おこう。

イーディスは、箱を握りしめて、その背に深々と頭を下げた。

3

「ティス」もといティッシュの開発のために執務室に呼ばれた木材加工会社の跡取り、アルベルトは、急な注文に戸惑いながらもさまざまな木材のチップを都合してくれた。

「言われた通り、東西あちこちからちょっとずつ取り寄せてみたけれど、これをどうするんだい、ヴィンセント」

「それは妹が知っている」

「紙を作る時の要領で、パルプ繊維をくたくたになるまで煮てくださいまし。問題はその先。紙を梳《す》くにあたって、厚さ……紙の柔らかさと紙の耐久性を見なければ。水に溶けにくく、吸水性にすぐれ、そして柔らかい。この三つを満たさないと、ティッシュとは呼べませんわ」

「本当にそれができるのかい、ヴィンセント」

アルベルトは再びヴィンセントを見た。ヴィンセントは「妹が知っている」としか言えなかった。

グレイスフィールは明灰色のワンピースを着て、足を肩幅に広げて立った。

「ここで、ティッシュ開発研究チームを結成いたします。開発係に会社から熟練の技術者を三名ほど呼んでくださいまし。彼らが実働部隊。そしてわたくしたちが頭脳《ブレイン》をやるわ。総指揮はお兄様に一任します」

一部始終を聞いていたアルベルトが笑った。

「ここまで事業に積極的なご令嬢は初めて見たよ、ヴィンセント」

グレイスの一声で、若い工員が執務室に三名呼ばれた。グレイスはてきぱきとティッシュの特徴を彼らに伝え、アルベルトが入手してきた五種類の木材を見せた。

「工法を少しずつ変えて、柔らかい紙を作るように。材質、その量、工法、細部までこだわってちょうだい。そして成果物は全てわたくしたちに見せるように。出来上がり次第が望ましいけれど、難しければまとめて終業時に」

そしてイーディスを振り返り、早口で言った。

「ハウスメイドのシエラを呼んで。あの子は読み書きができたわね……彼らに同行させましょう」

「シエラに？」

「失敗例も成功例も、データを取っておかなきゃ意味がないじゃない。彼らも読み書きができるわけではなさそうだし。……シエラは頭がいいでしょう。おっとりしてるけど」

「かしこまりました、お嬢様」

イーディスは答えながら、お嬢様は人をよく見ていらっしゃる、と内心舌を巻いた。

「そしてアニーはシエラの分も働いてもらうことになるけど……アニーは厨房《ちゅうぼう》にも出入りしているのよね？」

「はい、わたくしよりは呼ばれる頻度が高いかと」

「じゃあ実際にティッシュの試作品ができたら、素直な感想をもらうことにしましょう」

テンポよく言い切ったグレイスは、すぱん、と手を叩《たた》いた。

「これよりここを拠点とする！」

「えっ」

イーディスはぎょっとした。ここはヴィンセントの執務室――。

「うそでしょ、お嬢様、ここを？　よりにもよってここを？」

イーディスは繰り返し問うた。聞いていたヴィンセントは苦笑しているが、苦笑で済む問題ではない。彼女のプライベートルームを見よ。あの汚部屋《おべや》を見よ！

「お嬢様、お気を確かに。ここは社長執務室ですよ？」

「ええ、そうよ。だから使うのよ。お兄様もいいでしょう」

「構わない。今回の事業はグレイスに任せようと思う」

「ほら」

鼻息荒く目をぎらぎらさせるグレイスであるが、イーディスが心配しているのはそこではない。

「お嬢様！　前々から申し上げようと思っておりましたが！　この事業が一段落したら、お嬢様のお部屋を大掃除させていただきますよ！　もともとお嬢様がお部屋を綺麗にお掃除させてくださればこんなことには……」

「大丈夫よ、わきまえているわ。綺麗に使うし」

そういう、もんだいでは、ない。イーディスは拳を固めたあと、グレイスの肩をはっしと掴《つか》んで揺さぶった。

「絶対です。今決めました。絶対ですからね！」

「イーディス、なんでそんなに……」

「なんでもなにもくそもないんですよこっちは！　あんなにきたな……散らかった部屋を、そのままにしておくなんて、メイドとして恥です、失格です、ですから、私に仕事をさせてください、ハウスメイドのお仕事を！」

イーディスは帽子を外して髪の毛をぐしゃぐしゃとやったあと、主人たるグレイスをじっと見つめて、小指を差し出した。

「部屋の掃除！　約束してください、はりせんぼんのます！」

グレイスはイーディスの小指を見て、おかしそうに笑うと、自らも小指を立てた。ヴィンセントだけが、奇行を見るような顔で二人を見比べている。

「何をしてるんだお前たち」

「あはは、……久しぶりだわ、こんなこと」

絡めた小指を軽く揺する。不敬だという考えはまるでなかった。イーディスは、グレイスの顔を見つめた。

「絶対ですよ、絶対ですからね」

「はい、ゆびきった。……部屋の掃除ね。そうね、確かにしばらく掃除をしてもらっていないわ」

しばらく掃除をしてもらっていない、では説明がつかない惨状が広がっているわけだが、ヴィンセントの手前、何も言わないでおく。イーディスは乱した髪を帽子で隠すと、気を取り直して、言われた通りアニーとシエラに仕事の内容を伝えにいった。

初日の成果物はただの紙だった。シエラの丸っこい字が、使った材料と分量をきっちりと表に並べている。

「シエラを同行させて正解だったわ」

すでに汚部屋化が進行している社長執務室のデスクで、成果物とそのメモを受け取ったグレイスは呟《つぶや》いた。

「まず普通の紙を作る条件で、五種類のチップを使ったわけだけど、やっぱり差が出るものね」

「ああ」ヴィンセントが紙の端を折ってみたり戻したりしながら、二枚の紙を並べた。

「これとこれ、違いがわかるか、グレイス」

「違い？」

「広葉樹か、針葉樹か。……針葉樹の方が固い。そして広葉樹で作れば、ほら」

言われた通り、グレイスは紙を曲げたり折ったりしてみる。

「確かに、こっちの方が柔らかい……」

「ティスは柔らかい布のような紙と言うだろう。だから、チップを広葉樹に絞って薄くすることをまずやってみては」

「なるほど、さすがお兄様だわ！」

兄妹の会話を横目に、イーディスは二枚の紙をびりびりと裂《さ》いてみた。広葉樹の紙は柔らかい、確かに柔らかいが――ティッシュは水に溶けにくいものでもある。ある程度丈夫である必要がある……。

イーディスはそっとグレイスの肩を叩いた。

「お嬢様、ティッシュはある程度丈夫でもあるので……混ぜてみては？」

「混ぜる？」

「柔らかさだけでなく、強度が必要ですので、ほら」

イーディスは破いた紙の断面を見せた。「こうすると、二種類の紙で、繊維の形が違うのがよくわかります。……強い繊維と柔らかい繊維を合わせてみては」

「それも一理ありね……」

グレイスは明日の試作品の指示を紙に書き込んでいく。そしてひとしきり書き終えた後、いつものようにインクを頬にくっつけて、ふああと大あくびをした。

「グレイス」

「あ、失礼いたしました、お兄様。はしたないところを」

「疲れたろう。もう寝なさい」

「え、でも……」

「寝なさい」

ヴィンセントは有無を言わせぬ父親のようにグレイスを諭した。

「明日も彼らに指示をしなければならないだろう。その時間に遅れたらまずい。工程に影響が出るぞ」

「え、ええ……お兄様もお休みになって？　お顔の色がよくないわ」

「わかっている」

ヴィンセントは破いてみたり折ってみたりした紙を机一杯に広げたまま、完璧《かんぺき》な微笑を浮かべる。

「おやすみ、グレイスフィール。……イーディス、グレイスを頼む」

そこまで言われては、イーディスも旦那《だんな》様に従うほかない。

「かしこまりました、旦那様」

二人は執務室を出た。イーディスは、執務室から漏れ出てくる消えない明かりのことを思った。

彼はおそらく、今晩も眠れないのではないだろうか。

「イーディス、どうしたの」

廊下で立ち止まったイーディスを振り返り、グレイスが問う。

「……いえ、旦那様のことが少し……」

「ええ、無茶をしすぎだと思うわ」

グレイスはイーディスのもとまで戻ってきて、かすかに漏れている執務室の明かりを、絨毯《じゅうたん》を細く照らしている光の筋を見た。

「でも、どうやってお兄様を休ませればいいのか、私にもわからないのよ……わたくしが頼りなく見えるのかもしれないけど……」

グレイスはそっと目を伏せた。

「お兄様は、ご自分のことをいつも大切になさらない」

そんな会話をした翌日。ヴィンセント・オルタンツィアが高熱に倒れた。

4

「お兄様。お兄様の容体はどうなっているの」

工員たちに指示を出すのもそこそこに、グレイスは兄の部屋の前まで詰めかけた。しかしドアの前には、トーマスが彫像のように立っていて、何を聞かれても首を横に振るだけだった。

「旦那様に誰も入れるなと言いつけられております」

執事トーマスは片眼鏡《モノクル》の向こうの目をきっとグレイスに向けた。

「お嬢様は、新商品開発に専念するようと、旦那様から言伝《ことづて》が」

「そ、そんなこと言われても……！」

食い下がるグレイスの瞳《ひとみ》には涙が光り始めた。しかしそこで退《ひ》くグレイスではない。

「――ボーイたちの姿が見えない。そこはどうなっているの」

「旦那様がみずから、解雇なさいました。人件費削減とのことで」

グレイスはもちろん、後ろで聞いていたイーディスまでも言葉を失った。じゃあ誰が旦那様の看病をしているのか？　トーマスはここにいる。メイド長はさっき見かけた。彼女は彼女の仕事をしていた……。

「お兄様！」

グレイスはにじんだ涙を振り払うように首を振る。

「本当に大馬鹿だわ、ご自分のことをいつも大切になさらない！　私のことばかり、本当に、……私のわがままばっかり聞いて！　大馬鹿！　バカ！」

「……わたくしが」

イーディスは口走っていた。

「お嬢様が新商品開発に専念しなければならないというなら、わたくしが、旦那様のお世話をすることはできませんか」

「イーディス」

グレイスが勢いよく振り返った。

「御付きの仕事は、幸い経験者も三人おります。わたくしよりも優れたメイドです。……お嬢様が、お嬢様の命令で、自分の御付きのメイドを寄越したとなれば、旦那様も納得なさるのでは」

イーディスの頭の中はぐるぐると回っていた。

グレイスが「仕事」に熱中できないのでは本末転倒だ。しかし家長がここで倒れるのも、よくない。下手《へた》をすれば命に係わる。この世界の疫病を現代日本ほど甘く見てはいけない――そんな状況下で、体を張るとしたら。

メイド長でも執事でもない。そしてほかのメイドでもない。

「その代わり、メイド長からアニーを借りたいです。わたくしはおそらく部屋の中から出られませんので、所用を頼みたいのです」

――きっと私しかいない。前世の記憶を有する、自分しか。

「トーマス、お願い」グレイスはイーディスの言葉に乗ったらしい。

「お兄様のことが心配なの。だから、お願い。イーディスをそばにつけさせて」

トーマスは深々とため息をついた。そして片眼鏡《モノクル》をはずして、ハンカチで綺麗《きれい》に拭《ふ》き始める。

長い間のあとで、トーマスは重たい口を開いた。

「……ただいま、当家のかかりつけ医師を呼んでいます。医師の診断が出次第、イーディス・アンダントに旦那様のお世話を」

「……！　ありがとう、トーマス！」

グレイスは背の高い大男の首に抱き着いた。

かかりつけ医から「過労・心労」の診断が出されるやいなや、イーディスはヴィンセントの部屋に入った。

部屋は執務室と同様、ヴィンセントの几帳面《きちょうめん》な性格を表すがごとく、整頓《せいとん》されて綺麗だった。

しかし……ボーイたちが暇を出されたのはずいぶん前のことのようだ。片付いてはいるものの、掃除がされていないのがよくわかる。埃《ほこり》がすごい。

——これはお嬢様の部屋の前に、旦那様の部屋をお掃除しないといけないかも。

念のために口に布巾《ふきん》をあて、簡易的なマスクを着けたイーディスは、大きなベッドに対して小さく丸くなって眠っているヴィンセントのそばまで寄っていく。毛布、布団、さらにケットをかけて、それでも震えているように見える年上の男性は、イーディスの影を感じたのか薄く目を開けた。

「……旦那様」

イーディスが語り掛ける。「失礼いたしますね」

冬の冷気で冷え切った手が、熱い額に触れる。ヴィンセントは顔をしかめた。聞いていた通りのひどい熱だ。これは定期的に冷たい布巾をあてて差し上げないと苦しいだろう。できるならわきの下など、太い血管が通っている箇所に氷を当てて、熱を下げないといけない。

イーディスは前世のことを、高熱を出して寝込んだ自分を看病してくれた手のことを思い出していた。

——そういえば、前世のお母さんは……。今どうしているんだろう。

冷たい手で、自分の頭を撫《な》でてくれた。イーディスは無意識に、ヴィンセントの額から手を滑らせて、その銀髪を撫でていた。どんな年齢になったって、風邪は心細くてつらい。

「——失礼いたしました。旦那様、何かお召し上がりになりたいものは……」

その時、イーディスの荒れた手を、ヴィンセントの固い手が掴《つか》んだ。

熱っぽく汗ばんだ手は、ぐいぐいとイーディスの手を引いて、そばへ引き寄せようとする。

「旦那様、その、旦那様……！」

「ははうえ」

ベッドにまで乗り上げてしまってから——イーディスは言葉を失った。

「ははうえ。……ははうえ、」

汗ではないものが、ヴィンセントの頬を濡《ぬ》らしていく。イーディスはそっと、自由な方の手でそれを拭《ぬぐ》った。ヴィンセントは薄目を開けて、イーディスの緑色の瞳をじっと見つめた。

「……だれ、だ」

「誰でもよろしいのです、旦那様」

イーディスはゆっくりと、熱い手を包むように握った。

「ゆっくりお休みください。何も考えなくてよろしいのです。……今は休んで」

「……さっき、ははうえが、いたような……」

「わたくしはお会いしておりませんが」

イーディスは静かに主人の手を撫でた。

「きっと慈愛に満ちた素敵なお方だったのですね」

ヴィンセントは目をさまよわせて、記憶の中の優しい母親を探すようにあちこちを見て、やがてイーディスに視線を戻した。

「ははうえに、にている……、だれ……」

それきり、ヴィンセントは何も言わなくなった。イーディスの手を握りしめたまま、すうと自由な息を一つして、深い眠りの中に落ちていった。

イーディスはそんな彼の額に、冷たく濡らした清潔な布を載せた。


「旦那様はお休みになられたわ。今のところ何かを召し上がりたいとか、そうした要望はない」

「わかったわ。他は？」

ドア越しにアニーに伝えることはたくさんあった。イーディスは口を覆っていた布巾を取り払った。

「あと、旦那様がお元気になられた後に掃除を入れる必要がある。何人か見繕って、一斉にやるのがいいと思う。そしてボーイが解雇されてしまったから、定期的にお掃除に入る必要があるわ」

「掃除ね。……最初は何人くらい？」

「四人いれば一時間もしないで片付くわ。お嬢様の部屋に比べたらだいぶ……」

「お嬢様の部屋って見たことないけどそんなにひどいわけ？」

「ひどいったらないわ……」

イーディスは大きくため息をつきそうになったが、こらえる。今は旦那様を見ているのだから、頭を切り替えなければならない。

「とにかく、厨房《ちゅうぼう》とメイド長に今のことを伝えてほしいの。それから、お嬢様に新商品の進捗《しんちょく》を聞いて。今どうなっていらっしゃるかを私も把握したい」

「りょうかい。わかった。少し待ってね」

アニーが走り去っていく。こういう時、ツーとカーで通じる仲間がいるのは心強い。

イーディスはあらためてヴィンセントの部屋を見渡した。よくよく見ると、暖炉の上にかかっているのは昔の家族の肖像画である。幼い赤ん坊――おそらくグレイスだろう――を抱いた大奥様は、イーディスのような茶髪だった。銀髪なのは大旦那《おおだんな》様で、兄妹の二人ともがその血を引いているようだ。二人の幼子は、母譲りの青い目をこちらに向けていた。

『グレイス！　ああ……母上によく似ている。美しいよ、似合っている』

デビュタントの時のあの言葉に引っ張られて、てっきり大奥様が銀髪だと思っていたのだが――。

「……なるほど大奥様に間違われるわけね」

イーディスは振り返って、丸くなって眠る主《あるじ》を見つめた。前世なら年下で、現世では年上にあたる、弱くてぽっきり折れそうな男は、すでに額から布を落としていた。

「寝相が悪い……」

イーディスが布をもとの位置に戻すと、ちょうどアニーが戻ってきていて、扉を控えめにノックした。

「お嬢様はエミリーを連れて工場にお出かけになったそうよ。実際に製品を作るところを視察なさるみたいね」

「お嬢様が⁉」

あの汚部屋《おべや》に住む虫のようなお嬢様が、と悪口めいた本音が出そうになるのをこらえる。

「あたしが思うに、旦那様が心配すぎて何も手につかないから外に出たのよ」

アニーが声を潜めた。

「いても立ってもいられないから、その逆をとるやつね。お嬢様も旦那様のことを心配していらっしゃるのだわ。その裏返しよ」

「……私もよくやるから何も言えないわ。教えてくれてありがとう、アニー」

そんな軽口など叩《たた》いていると、アニーが神妙に言った。

「お嬢様も、幽霊だなんて呼ばれてたのが嘘みたい。イーディス、どんな魔法を使ったの」

「魔法は使ってないわ。お嬢様がもともとそのようなお方だったの。ただそれだけ」

イーディスは小さく笑ったが、ドア越しのアニーにはそれは見えなかった。

「お嬢様は、本当に旦那様のことが大好きなのよ……ただそれだけよ」

イーディスは振り返って眠るヴィンセントを確認した。また額から布が落ちていた。

——本当に寝相が悪い……。

「アニー、今日の仕事に戻っても構わないわ。その代わり、お嬢様がお戻りになったら教えてほしい。必要なものは、自分で取りに行けるし」

「わかった。……何かあったら出てきてね、ちゃんと」

「もちろん」

アニーの心配していることはよくわかるが、イーディスは別にそんなことは気にしていなかった。

イーディスは所詮《しょせん》、モブである。

落ちた布はしっとりとぬるくなっていた。冷たい水で濡らして絞り、再びヴィンセントの額へ載せる。

——そういえば、ヴィンセント様とマリーナ様の恋愛フラグは折れたのかな？

美しい寝顔が和らいでいくのを見て、イーディスは考え込む。

仮に、本気で家を立て直したいと思うのなら、マリーナにヴィンセント自らが求婚するということもできたはずだ。モンテスター家はモンテナにルーツを持つ。マリーナとの婚姻はいいことずくめだ。……だがヴィンセントはそれを選択しなかった。なぜか。

——「シナリオ」が修復不可能なくらいに壊れたから。あるいは……。二人とも、もはやお互いのことを恋愛対象としてみなしていないから……？

これればかりはわからない。この物語が完成した小説や漫画であったなら、そしてイーディスがそれをあらかじめ知っていたのなら、憶測も立てやすいのだけれど。

レスティアもモンテナも、それを含むこの異世界も、あくまで作者が構築途中の物語であって、結末のはっきりしない途絶したシナリオなのだから……。

——理知的なヴィンセント様が、マリーナ様との婚姻を考えなかった、これはフラグ折れ確定？

そんな風にイーディスが目の前のヴィンセントから少し意識を離したすきに、ヴィンセントは青い瞳《ひとみ》を天井に向けていた。

「……夢、か」

ぼそりと呟《つぶや》かれた声に、イーディスは驚いて顔をあげた。

「っ、お目覚めですか？　何かご入用のものは」

意識のはっきりした青い瞳は、妹である令嬢と同じ色をしている。イーディスを一瞥《いちべつ》したヴィンセントは、重たい身体を引きずるようにゆっくりと起き上がると、ベッドから降りようとした。

「お待ちください旦那《だんな》様！　どちらへ……」

「会社に行かねば」

「旦那様は過労で倒れられたのです、今日はお休みになってください」

「僕が行かなければ、他に誰があの会社を守るんだ……父上と母上の……忘れ形見を……」

「旦那様！」

イーディスは半ば強引にヴィンセントの行く先を遮り、彼を再び寝かせようとその体を押した。しかしヴィンセントは無我夢中で立ち上がろうとする。二人の体がもつれ合って、ベッドの上に転がった。

ヴィンセントの硬い腹筋の上に乗り上げて、イーディスは息を呑《の》んだ。両手首を掴《つか》まれていて、身動きをとろうと思う意志さえも「何者か」に封じられているみたいだった。

声が出ない。喉《のど》が渇いているみたいに、何かに吸い寄せられるみたいに、彼の瞳を覗《のぞ》き込む。

「旦那、様？」

青い瞳は相変わらず、イーディスの少し乱れた髪の毛を見ている。握られて力の抜けた手が、ヴィンセントの口元までもっていかれた。手の甲に触れる感触に、はっと意識が明瞭《めいりょう》になる。

何かに突き動かされるような衝動を振り払って、イーディスは体を起こす。

「だだだだんなさま！　大変なご無礼をっ！」

ひねり出した怪力でもってヴィンセントの上から飛びのき、まくしたてる。

「会社にはお嬢様が出向いていらっしゃいますのでご心配なさらず、あの、失礼いたしました。何かご入用のものがあればお伺いいたします」

早口の言葉を聞き取れずにヴィンセントがぼんやりしているので、イーディスは適当にでっちあげた。

「そうですよね何も召し上がっておりませんものね、卵がゆを厨房に用意させますね、では失礼いたしましたー！　どうもー！」

漫才の締めみたいなノリでヴィンセントの私室を出たイーディスは、扉の前でへなへなとへたり込んだ。

——なんなの、なんなのなんなのーっ⁉

今のは、なんだ、なんなんだ。

——危なかった。危なかった。めっちゃ危なかった。なにあれ。お嬢様に殺されてもおかしくないわこれ。

何かを勢いよく踏み越えそうになったのはイーディスも把握していた。イーディスとて人生二週目。そこまでうぶな乙女《おとめ》ではない。

「ひ、ひえー……」

あのユーリ・ツェツァンでさえ越えようとしなかったものを、ヴィンセントは平気で……。そし

てイーディスもまた、それを受け入れようとしていた……⁉

イーディスはかぶりを振った。首がもげそうなくらいに頭を振ったから、帽子が飛んでいった。廊下にはいつくばって帽子を引き寄せながら、目を回す。なにがどうなったら、「そう」なるのだ。

「いやいやいや、ないわ。解釈違いです。こんなあばただらけのメイドがあんな美形とこう、あれするなんて、解釈違いにもほどがありますわ。自分の立場くらいわきまえておりますもの」

そう、正真正銘の、モブ！　モブ女！

誰に向けての弁明なのかもはやわからない。イーディスは今日のことはグレイスに言わないでおこうと固く誓った。

5

「あのね、イーディス。どう頑張ってもキッチンペーパーなの」

「キッチンペーパー？」

ほら、と差し出された令嬢の手には確かに柔らかく布のような紙が載っていたが、触れて揉《も》んだり折ったりしてみると、やはりキッチンペーパーと言うほかなかった。毛羽《けば》だったり、繊維が剥《は》がれたりしない。その代わりそこそこ厚みがあり、ふわふわしている。

「本当だ」

「これはこれであり、ということで生産の準備は始めているのだけど、キッチンペーパーではティッシュの代用にはならないわ。やはりティッシュは、肌にふれても荒れにくいものがいいものね」

「デアンに言ったら喜びそう」イーディスは手の中でキッチンペーパーを握りしめて、デアンの顔を思い浮かべた。

「ああ、厨房にはすでにモニターをやってもらっているわ。好評よ」

グレイスは手元の紙の束をぺらぺらと捲《めく》った。どうやらタイプライターで書いたらしい、難しい内容の書類はやはりイーディスには読めない。

「野菜の水きりや揚げ物の油きりに重宝しているそうよ。厨房以外にも、順次協力してくれるモニターの方々に配布する予定。開発中の商品だから、無償で配っているけれど。そうね、販売する時の価格はお兄様と交渉しないと」

お兄様──イーディスはその単語を聞いてぎょっとした。ここ数日のヴィンセントは回復傾向にあり、順調に体を起こせるようになってきてはいたが──イーディスは未《いま》だ彼の顔を直視できずにいる。初日のことが気がかりで、手がつかないのだ。もちろん仕事としてきっちりと世話を焼いてはいる。どちらかといえば心の問題だ。浮ついているというか、変に酔っぱらったような感じがする。慣れない酒を飲まされたような感じがするのだ。

「お嬢様、ヴィンセント様とお会いになりますか。今なら起きていらっしゃるかと思います」

「仕事の話をしても平気かしら?」

「日によってメンタルの調子がよろしくないようなので、様子を見ての方がいいかと」

「わかったわ」

グレイスは汚部屋になってしまった執務室に紙の束をどさっと置いて、キッチンペーパーのようなものだけを手に取った。

「イーディスも来る？」

「いえ、わたくしは……お邪魔をしてもいけませんし」

イーディスは両手を振って申し出を断った。グレイスは少し残念そうに眉《まゆ》を寄せたが、「そうね」と呟く。

「二人きりで話すなんてこと、最近はめったになかったものね。そうするわ」

グレイスはそう言ってヴィンセントの私室に向かった。イーディスは、汚部屋になりつつある執務室をどうにかするべく、腕まくりをした。

動くことでしか、この靄《もや》のようなものを取り払うすべを知らない。

埃《ほこり》を払い、窓を磨く。床は掃いて磨き上げ、不要と思われるものはゴミとして処分する。

「借りた時より美しく、ってね……」

執務室は机の上を除いて綺麗《きれい》になった。机の上はイーディスが触れてよいものではないので、そのままにしてあるが……。

「我ながら完璧《かんぺき》、うん」

前世の腕はなまっていないようだ。

イーディスは少しだけ窓を開けて換気をすると、机の上に散らばっている紙に、風で飛ばないようペーパーウェイトを置く。ガラス製だ。よく見るとモンテナ語……英語でツェツァン社の名が彫ってあった。

「……そういえば……」

『お前にやる』

あの商談の日のプレゼント。中身を、まだ見ていなかった。

「……少しだけ、見てみてもいいかな」

仕事時間ではあるのだが、「衣服を整えるついでに」と理由をつけて、イーディスは階段下《ベロウステア》へと駆け下りていく。

包みは黒く薄い紙だが、リボンは鮮やかな緑色で、明らかにイーディスの目の色を意識しているとわかった。あのモンテナ男はきざだ。そうに違いない。

「そうでなければ、贈り物なんかしないか、そうよね」

すでにあの男が懐かしくなっている自分に呆《あき》れつつ、イーディスはゆっくりと包みをほどいていく。包み紙を破かないように丁寧に。

細長い箱を開けて中身を見ると、それは割れないように厳重にくるまれた、一本のガラスペンだった。透明な軸の中に、緑色と金色の筋が織り込まれて模様を作っている。くるくると螺旋《らせん》を描く二本のラインは、先端に向けてすっと伸びていた。そしてガラスペンの先端は綺麗に尖《とが》っている。

「……私のために作ったのかな」

過信だとは思わなかった。直感だった。

ありえる。ユーリはそういう男だ。ちょっと鬱陶《うっとう》しくて、それでいてまっすぐで。こういうものの一本や二本、平気で見繕う男だ。なければ作らせるくらいの行動力はある。

衣服を整えに来たという名目も忘れて、イーディスは硬いベッドに倒れ伏した。

「なんていうか、本当に……」

――この世界、根本的に私に対して何か間違ってない？　ヒロインは私ではないのに。

イーディスはゴロンゴロンとベッドの上を往復した後、勢いよく立ち上がってガラスペンを見下ろした。ずっと欲しかったペン。あとはインクと紙があれば、文字の勉強ができる。

「……ペン。思いがけず、手に入っちゃったな」

ただのハウスメイドの手に余る、美しいガラスペン。このペンに恥じない人間になる日が来るのだろうか。イーディスは目を細めて、ガラスペンを箱に収め、もとのように包み、何も入っていない引き出しの一番奥に仕舞っておいた。


「イーディス」

執務室に戻ったイーディスを出迎えたのは、執務机を乗っ取って何かを書きなぐっているグレイスだった。

「どうされました、お嬢様」

「やっぱりキッチンペーパーはダメみたい。今の状況では大量生産の設備を用意できないって、お兄様が言うの」

　グレイスは下唇を噛《か》んだ。

「場所もなければ人員も足りない。商品化するには費用が足りない。現実的ではないって……」

「そんな」

「製品のことは褒めていただけたけど」グレイスは悔しそうに拳《こぶし》を握った。「現実的ではない、ならどうすればいいのかしら。せっかく開発したのに……」

「……代わりに現在の設備で生産できる何か、低コストで利益を出せる新製品を作る……しか」

「ティッシュとキッチンペーパー以外に⁉」

「それしかございません」

　グレイスはインクまみれの手で銀髪をぐしゃぐしゃ掻《か》きむしった。

「頭が沸騰しそう。お兄様もこうだったのかしら。……ずっと、一人で……？」

『ははうえ』

　ヴィンセントの透明な涙を思い出しながら、イーディスは考え込んだ。グレイスも黙ってしまった。

6

「イーディス、お手紙預かったよ」

新製品開発のために会社に出向していたシエラが、帰るなりイーディスに手渡してきたのは、ピンク色の封筒に日本語で書かれたイーディスあての手紙である。

『イーディスへ　マリーナ・モンテスター』

「え。マリーナ様から⁉」

「そうみたい。モンテスター家の人が会社まで来て、渡されたの。ところでその字はモンテナ語なの？　見たことない形してるけど……」

「ま、まあ、そんなところよ、そういうこと」

シエラののんびりした視線から日本語を隠すようにして、イーディスは自室へ駆け戻る。

なぜか焦る手で封を切り、慌てて引きずり出した便箋《びんせん》を読む。

『イーディス　日本語なら読めるんじゃないかなと思ってこの手紙を託します。お元気ですか』

「あ、安心感がある……」

イーディスの最初の言葉はそれだった。母国の文字のなんと美しいことか！

『お手紙を書いてもいいと言っていたから、書いてみることにします。冬も厳しくなってきて、寒い日が続いていますが、イーディスは体調など崩していませんか』

「はい、体調を崩しているのは旦那様《だんな》です……」

『ところで、郵便機関が整っていないこの世界で、情報のやり取りをするのは難しいですね。早くに届けたかったので会社に届けさせましたが、普通に連絡を取ろうと思うとなかなか時間がかかるものです。とにかく、横の繋《つな》がりを築くのが困難で。商工会でも、知名度を広めるのに苦労する話をよく聞いております。わたくしたちの方でも、サロンやお茶会を定期的に開催するのですけれど、なかなか会員同士の面識が深まらないのです』

「そんなこと私に言われても……」

『スマホがあれば連絡先を交換するだけで済むのに、それがないだけでこんなに難しいとは。イーディスならわかってくれると思って』

「それはその通りでございます……めっちゃわかる……」

イーディスはツッコミをいれながら、マリーナからの手紙を読み進めていく。

そう、情報交換のかなめは新聞が担っており、会社や貴族どうしの横の繋がりは、茶会やサロンで作るしかないのが現状。だからヴィンセント様も、お嬢様を夜会やサロンに出したがる。そして積極的に縁を作りたがる――。

『みなさん、サロンやお茶会に行きすぎて、どれがどの集まりだったのかをお忘れなのかもしれません。そこで、わが社では一回一回の集まりを印象付けるような何かを配布しようと思っていて。お菓子や日持ちのするお料理などを、モンテスター家の名入れをして配ろうかと』

「んむ？」

イーディスの中で何かがひらめいた。名入れ？

――それって何だか、アレに似てない？

ツェツァン社の、ガラスのペーパーウェイト。あれは一種、広告のようなものだろう。

『イーディスはどう思いますか？　なかなかコストのかかる話ではあるのですが、効果はあるんじゃないかと思っています。ああ、そういえば、このサロンに行ったなぁ、と思っていただければ成功だと思うのです』

つまり、マリーナは自分の名を広く売りこもうというのだ。

――ブランド。マリーナ・モンテスターというブランド。

そしてブランドには「あれ」がつきものだ。そう、大事な「あれ」があるじゃないか！　紙製の！

「……マリーナさま、ナイスアイデアです」

イーディスは便箋を放り出してグレイスの部屋へと走った。


「シ、ショ、ッパ、ー！」

開け放った扉とほぼ同時に、イーディスは叫んだ。

「手はじめに、ショッパーを作るのはどうでしょうか！」

「はえ？　何ですって？」

グレイスはせっかく編まれた銀髪を鳥の巣のようにぐしゃぐしゃにしたまま振り向いた。

「しょっぱー……ってなんだっけ？　何かのアニメキャラ？」

「ちがいます、紙袋です！　デザイン入りの！　ほら、あったじゃないですか、前世に！」

突然飛んできた横やりのようなアイデアに、グレイスは戸惑っているようだ。

「ちょっとまって、キッチンペーパーもティッシュも、話はまだ終わってな……」

「それは継続で、ティッシュおよびキッチンペーパーの設備にかかる資金稼ぎに、ショッパーを作るのはどうでしょうか？　ほら、紙の種類はたくさんありますでしょう、当社には紙袋の作り方のノウハウもございます。だから——当社の紙袋に印刷を施して、ショッパーにするんですよ！」

この中小企業ひしめくアーガスティンに一陣の風を。

「——それで、ショッパーで何をするつもりなの」

グレイスはペンを止めて顔をあげた。

「ショッパーによる広告をですね。貴族や企業の流行にしてしまうんです、今から」

「今からぁ⁉」

令嬢の声がひっくり返った。「正気？」

「ほら、私のお友達には、流行の最先端を行くスーパー美少女がいらっしゃるじゃありませんか」

イーディスはにやりと笑い、グレイスはむっと唇を尖《とが》らせた。

「マリーナを使うの？」

「言い方は良くありませんが、そうですね。マリーナ様は商工会内の風通しの悪さを憂いておられますので……各社に対してこう呼びかけるのはいかがでしょうか。『広告ならオルタンツィア製紙の紙袋。今なら美麗なデザインが使用できます』。印刷会社に関してはレオニール様に話を通せば一発ですし、新聞広告の話なら記者のハインリヒさんに――」

話を聞いていたグレイスは、ようやくそこでイーディスの提案の意味に気づく。

「それ、私が忙しいやつじゃない？」

「はい、その通りです」

このプランには「デザイナー」が不可欠だ。イーディスはそれをよくよくわかっていた。

「同時に、画家グレイスフィール・オルタンツィアの名を知らしめる。いかがですか」

しれっと言い切るイーディスに、グレイスは頭をぐしゃぐしゃとやって、それから苦笑した。

「そうね……それくらいやらないと――やれないと！　お兄様に安心して事業を任せていただけないものね。――図案をたくさん作って、その中から選んでもらえばいいわね。まずそれを作っていかなきゃ」

「まずはマリーナ様に試していただきましょう。紙袋の品質には問題ございませんから、あとはどう飾るか、どう彩るかです」

「それならクライアントに話を聞かなくちゃ。イーディス、便箋を取って。モンテスター家に使いを出します。それからお兄様に企画書を書かなければ」

「はい、ただいま！」

「お使いはキリエに行かせますからね」

グレイスはつんと言った。まだすねていらっしゃるのか。

「あなたは私のレディースメイドなんだから」

「ええ、私はお嬢様のメイドでございますよ」

イーディスは微笑《ほほえ》んで、便箋を差し出した。グレイスは上目遣いのまま、不満そうにそれを受け取った。

「——浮気は大罪よ」

「わたくしはお嬢様のメイドです、それ以上でもそれ以下でもございません。ですが、頼れるものは何でも頼るつもりでおります」

「それに振り回されるわたくしの身にもなってほしいわ」

そして令嬢は覚悟を決めたように腕まくりをした。

「……忙しくなるわね！　こき使うわよ、イーディス！」


——印刷会社に協力を仰ぎ、マリーナに受けた注文の通りの「ショッパー」が出来上がったのは春先のことであった。

早朝。工員たちの手によって、たくさんの紙袋が運び込まれていく。デザイナーのグレイス、社長のヴィンセント、そして二人の付き添いとしてイーディスがそれを見守る中、包みを開けたメイドたちの華やかな感嘆の声が聞こえてきた。

「わあ、素敵。これはお嬢様の横顔ね」

グレイスが唇の端を曲げた。笑みをこらえるみたいに、唇をむっと引き結んでいる。

「お嬢様、素直に喜んでもよろしいのでは」

「嫌よ。マリーナの前でそんなだらしない顔はできないわ」

――うれしいくせに、素直になればいいのに。

今回のデザインは、マリーナに似た少女が林檎《りんご》をかじっているイラストをベースに、飾り立てた細いカリグラフィーでマリーナの名が刻まれている。グレイスが苦心しながらデザインしたものだ。努力の甲斐《かい》あって好評のようだ。イーディスはわがことのように誇らしかった。

メイドたちに交じって、マリーナは袋を眺めてご満悦だ。

「みなさん、この袋にお土産《みやげ》のアップルパイを詰めるのよ。素敵だと思わない？」

ヴィンセントは顧客《マリーナ》の様子をはらはらと見守っている。未《いま》だにショッパーの需要に納得のいっていないヴィンセントは、体の全てを目と耳にして彼女たちの様子をうかがっていた。

「サイズは指定の通り作ったはずだが、どうだろうか……」

「こちらでパイを詰めるようですよ」

イーディスはマリーナに「こっちこっち」と手招かれて、ヴィンセントを促した。

「参りましょう、旦那様、お嬢様」

モンテスター家の広い食堂を使い、たくさんのメイドが並んで、流れるように袋にパイを詰めていく。ヴィンセントの心配していたサイズはぴったりだった。甘い香りのするアップルパイがつぎつぎと袋に収められていく。封をした紙袋に、鮮やかなピンク色のリボンを掛けているのはロージィだ。

「旦那様」

イーディスはまだ不安げなヴィンセントに語り掛けた。

「今はまだ、貴族のご令嬢たちがお茶会のお土産を詰めるだけかもしれません。でも、どんな時代もおしゃべりなのは女性たちです。きっとこのデザインショッパーは広告として、新聞にも負けない広告効果をもたらします」

「……そうだろうか」

「私はそう、信じておりますよ」

東京の街。喧騒《けんそう》、そして色とりどりの旗みたいなショッパーの群れ。たくさんの人。行き交う老若男女――。

遠い故郷を思い返すように。イーディスは続ける。

「今は始まりに過ぎませんが。いずれ、会社規模での発注がかかる時が来ます。間違いなく来ます。素敵な商品を包むための、素敵な袋が開発されたんです。いつか……いずれは」

ヴィンセントは甘い香りに満ちる食堂の端で、一連の作業を見守っていた。

「いつか、か……」

イーディスは頷《うなず》いた。

「きっと、アーガスティンの港町も、素敵なデザインの紙袋を持った人々で一杯になりますよ」

「そうよ、このわたくしがデザインしたのだから、目を引かなきゃおかしいもの」

　グレイスが腕を組む。

「もちろん、流行《はや》らせてみせるわよ。画家グレイスフィールの名に懸けて」

「頼もしいですね、お嬢様」

「まあでも、デザイナーはもっと欲しいわね。これ以上の発注がかかるのであれば、一人じゃ厳しいわ。その辺からハンティングしてこないとね」

「考えておきましょうか。……ちなみにお心当たりは？」

「……ないわね」

　――ないのかい。


　午後の三時過ぎ――マリーナはお茶会の締めに、一つ手を打った。

「本日はお集まりいただきありがとうございました。今回は皆様にお土産をご用意いたしましたの。こちらです」

　ロージィがたくさんの紙袋を提げたメイドたちを引き連れて現れた。先ほど詰めたばかりのアップルパイを入れた「ショッパー」が、その手という手に握られている。

「今回はオルタンツィア製紙のヴィンセント様、グレイスフィール様にご協力いただきました」

　茶会の主は手ずから来客にお土産を手渡す。ショッパーに描かれた華やかなイラストを前に、令嬢たちは声を高くした。

「とても素敵な絵！」

「グレイスフィール様って、オルタンツィア製紙のお嬢様？」

「ああ、私お会いしたことがあるわ。あの時も美しい絵をお描きになられたのよ」

「うらやましい！　お父様もこうしたものを作ってくださればいいのに」

――ヴィンセントはそこでようやくうまく息を吸うことができた。ただの印刷を施した紙袋がこれほど尊ばれるとは思ってもみず、また、思ってもいない方向で自社製品が評価されたことに安堵《あんど》したからでもある。

「ほら、わたくしの絵、とっても好評でしょう、お兄様」

「そうだな」

この件に関しては大成功と言っていい。印刷会社の印刷も、そしてグレイスフィールの絵も、イーディスの「突飛な」アイデアも。どれか一つが欠けても実現しなかったことだ。問題は次に繋《つな》がるかどうか――。

「ヴィンセント様！」

そうこうしているうちに今回のクライアント、マリーナがこちらへ歩み寄ってきて、ヴィンセントは再び背筋を伸ばした。マリーナは、三人の令嬢を引き連れている。

「こちらが、オルタンツィア製紙の――」

「ヴィンセント・オルタンツィアと申します」

マリーナの言葉を引き継ぐ。グレイスも隣で、軽く頭を下げて微笑んだ。マリーナは二人を見比べながら、にこにこと手を握り合わせた。

「ヴィンセント様、グレイスフィール様。こちらの方々も、ぜひこの紙袋《ショッパー》をご利用になりたいそうなのです」

「あ、……ああ、ありがとうございます！」

ヴィンセントが声を裏返して礼を言う。すかさず、陰になっていたイーディスが飛び出してくる。

「こんなこともあろうかと思いまして、あらかじめ注文用紙を作っておりました。本日はこちらに必要事項をご記入いただき、後日デザインの確認に伺いますね」

「よくやった」

作ったと言ってもシエラだ。お願いしたのはイーディスだし、監修したのはグレイスだけれども。

ヴィンセントが言いながら、茶会の済んだテーブルに座り、令嬢たちに対して商談を始めた。グレイスもその隣に座る。


雪の季節が終わる。春色のドレスを纏《まと》った令嬢たちは、オルタンツィア製紙の紙袋を提げて、マリーナの茶会を去っていく。

「注文すればお手頃に作れるそうですわ。そういえばあの家の方が先ほど……」

「いらっしゃったわよね？　あのお綺麗《きれい》な殿方！」

「もう少し目に焼き付けておけばよかった！」

かしましい少女たちのやり取りが遠ざかっていく中。

「……上々ですね、オルタンツィア製紙も」

マリーナがやってきて、ヴィンセントの隣で微笑む。

「ヴィンセント様。突然でしたのに、いらしてくださったこと、感謝いたします」

「こちらこそ、お招きいただいたのにご挨拶《あいさつ》が遅れて申し訳ない」

ヴィンセントは、ころころと鈴を転がすような令嬢たちの笑い声を聞きながら、目を細めた。

「仕事も情報も、男の商売だと思っていたのですが、――妹の意見も聞いてみるものですね」

「ええ、素敵なアイデアだと思います」

マリーナは微笑んで、紙袋の中に入れた焼きたてのアップルパイをヴィンセントに握らせた。

「なにより、思っていた以上に、イラストレーターの絵がよくて」

「いらすとれーたー？」

「……いえ、こちらのお話です。グレイス様はとても絵がお上手《じょうず》だと思って」

ヴィンセントは再びマリーナを見つめた。

「当社に機会《チャンス》を作ってくださったこと、もう一度、お礼をさせていただきたい」

「そんなに畏《かしこ》まらないでください」

マリーナは慌ててヴィンセントを押しとどめた。

「わたくしもグレイス様と同じ年なのですから。妹のようなものだと思ってくださいまし」

「そ、そう言われても……」

なかなか切り替えることのできないヴィンセントを見上げて、マリーナは微笑んだ。

「――お迎えがいらしたようですわ。では、またの機会にお会いできたらうれしいです、ヴィンセント様」

「こちらこそ、マリーナ嬢。また、よろしくお願いしたい」

二人はつつがなく会話を終え、別れた。「イベント」が発生することもなく、――ただの商売相手として。


「遅い！　お兄様！　心配したのよ！」

兄の話が終わるのを今か今かと待っていたグレイスは、ヴィンセントの胴に抱き着いた。ヴィンセントはそんなグレイスの肩を撫《な》でる。

「ここまでに心配するようなこと、あったか……？」

「あるのよ。妹には、ほんとうに、いろいろなことがあるの。ね、イーディス」

「その通りでございます」

イーディスは微笑《ほほえ》んで頭を下げた。「おかえりなさいませ、旦那《だんな》様」

「……ただいま」

ヴィンセントは妹とそのメイドに囁《ささや》いた。

「……お前たちのおかげだ」


――二人を繋ぐ「シナリオ」はもう機能していない。

イーディスはそう見当をつけた。マリーナとヴィンセントのフラグは折れた。きっとこの後も、彼らにフラグが発生することはないだろう。

ただ。

「イーディス。お前はいつも僕の想像を超えてくるよ」

「いいえ、旦那様。当家のメイドとして、旦那様のご期待に応えたまでのことです」

——なんだか別のフラグが立ってる気がするけど。

「お兄様、イーディスを口説かないで頂戴《ちょうだい》」

グレイスがむっとしてイーディスの腕を抱く。

「イーディスはわたくしのレディースメイド。御付きのメイドですから、だめよ。あげない」

「そうか……」

——旦那様。そうか、ではございません。

家路をたどる車内は賑々《にぎにぎ》しく、執事のトーマスも微笑んでいる。イーディスは思い出したように、ヴィンセントに告げた。

「本日は数名のメイドが旦那様のお部屋の清掃に入らせていただきました。お気づきの点があれば申し付けてくださいませ」

「ああ、ありがとう。皆にはいつも世話になるな」

「‼」

イーディスは、はっとしてヴィンセントとグレイスを見比べた。

「どうしたの、イーディス？」

『ボーイはお兄様の一部。お兄様の手足。お兄様の意のまま。お兄様の所有物よ。物と会話しようとする人間はいないわ。そうでしょ？』

――ありがとう。……ありがとう、か。

イーディスは笑みをこらえきれず、笑いをかみ殺しきれなかった不細工な顔で、口元を覆った。

――やった。やってやった。みんな、やったよ。

小さくガッツポーズをして、イーディスはにじんだうれし涙を拭《ぬぐ》った。

7

「え、ユーリ・ツェツァンがまたレスティアに来る？」

「そうよ、お嬢様がイーディスに伝えてって言ってたから。……言ったわよ、イーディス」

アニーはひらひらとハタキを振りながら、自分の作業場に戻っていく。アニーはお嬢様の蔵書担当だ。シエラはさっきから鼻をぐすぐす言わせながら床を磨いていて、衣装をまるっと抱えて洗濯に向かった三人娘は一向に戻ってくる気配がない、たぶんサボってはいないはずだ、とイーディスは思う。開け放たれた令嬢の部屋のカーテンはせわしなくはためき、イーディスはその影に目をこらした。自室にあるガラスペンは未使用のまま、イーディスの引き出しの中に仕舞ってある。

「なんにしたって、気の迷いよね……」

「ねえイーディス、おじょうさまの浴室はどうするの、ずび」

シエラの目と鼻は真っ赤だ。イーディスは我に返って、シエラの背を押した。

「シエラ、もういいわ、一回体を洗って休んで。あなた、アレルギーの症状が出てる」

「あれるぎー？　なに？」

「ともかく、身体によくないからお風呂で体を洗ってらっしゃい」

首を傾《かし》げるシエラを部屋から追い出したイーディスは、アニーに呼び止められる。

「ねえ見て、イーディス。これ、何？」

埃《ほこり》を払われたばかりの分厚い本は、アニーには読めなかったらしい。イーディスは目をかっぴらいて、それを凝視した。

「これ、子供向けの事典よ！　子供が字や物事を勉強するのに使うの」

「そんなものまで大事にとっておいたのねぇ」

アニーはもはや他人事《ひとごと》として放り出そうとしているが、イーディスは違った。その事典を抱えて、グレイスのもとまで走る。律儀にノックは三回。

「おおおおおじょうさまあ！」

執務室ではグレイスがヴィンセントを相手に商品開発のプレゼンを行っていた。「キッチンペーパー」を改善し、大量生産の設備を整えたいという旨のプレゼンだったはずだ。眉間《みけん》にしわを刻んだヴィンセントが、そのままの顔で埃まみれのイーディスを見た。

「どうした、イーディス」

「お嬢様！　私に文字を教えてください！」

「ちょちょちょちょちょっとイーディス！」

兄に何か都合の悪いものを見せてしまったみたいな顔をして、グレイスが慌てる。ヴィンセントは眉間のしわを解いて、「いいよ、行っておいで」と笑いながら妹を促した。

「なんて格好なのあなた！」

執務室を出て、小声でお小言をいいながら、グレイスはイーディスの上から下まで眺めまわした。

「まるで埃の海でも泳いできたみたいよ！　なんてことなの」

「泳いだのはお嬢様の部屋ですけどね」

「ウッ」

グレイスは小さくなった。

「ねえ……三日に一度はちょっとスパンが短すぎない？」

「ダメです、それ以上延ばすことはできません。いずれこうなるので、いっそ決めてしまった方がよろしいのです。三日に一度。これは揺らぎませんからね」

「うう……」

気を取り直して、イーディスは抱えていた事典を見せた。

「それはそうとして。お掃除したらこんなものが出てきたので……このさい、文字をちゃんと覚えたいのです。……マリーナ様にお手紙のお返事を書きたいので」

イーディスが書けるのは自分の名、はい、いいえ、わかりました、もうしわけありません、これしかない。この語彙《ごい》でマリーナに返信をするのはさすがに忍びなかった。日本語でも通じることには通じるけれど、前世の言葉にばかり頼ってもいられない。今イーディスが生きているのは、この世界なのだから。

グレイスはマリーナの名を聞いた瞬間、ふくれっ面になってしまった。マリーナにばかり構って、と言いたげだ。イーディスはそんなグレイスの肩を小突いた。

「お嬢様ともよいお友達になれる方だと思いますが」

「もう、あんまりマリーナにばかり構っていると、わたくしも浮気するわよ」

グレイスがつんとそっぽを向く。イーディスは素直に尋ねた。

「誰に浮気するんですか？」

「……ええと、お兄様とか」

——それはいつものことでは？　イーディスは思ったが、何も言わなかった。

イーディスは時計を見た。アニーのことだから、床掃除は終えているに違いない。洗濯中のお洋服は別室で乾かすし、ベッドメイクは終わっている。

「おそらく……大方終わっておりますよ。あとは家具を元に戻して、浴室の清掃に入るだけです」

「仕事が早いわね」

イーディスは埃まみれのメイド服で胸を張った。

「それはそうです。私たち、なんたってハウスメイドですから」

廊下の窓と部屋の大窓が開け放たれた風が通る部屋に、グレイスが足を踏み入れる。部屋の主のお戻りを察したアニーが気を利かせ、部屋を出ていく。

「いい風。……それにこの部屋って、こんなに広かったのね」

「本当にそうですよ。蔵書もこの通り。ウォーク・イン・クローゼットの中身は、洗濯して、後日お戻しします。あとは……壁の細かいところですとか、湿気のたまりやすいところのカビを取りました」

グレイスはそれを他人事のように聞き流していたが、思い立ったように尋ねた。

「掃除は何人で？　イーディスと、さっきの彼女だけ？」

「いいえ、アニー、シエラと、メアリー、ジェーン、エミリー、そして私で」

「あとで……みんなでお菓子を食べましょう。何が好きかしら。料理長《コック》とデアンに用意させるわ」

「皆、なんでもおいしくいただけます。何より、お嬢様からの品だと思えば、喜びます」

イーディスは背中から吹き抜ける風の中で、唯一触れていない作業机の上を見た。書きかけの原稿が風で飛びそうになっているのを、押さえる。

「風がすごいですね、窓を……」

「いいえ、もうちょっと」

グレイスは窓際に頬杖《ほおづえ》をついた。

「この世界で『グレイスフィール』として生きることにも、だいぶ慣れてきたわ。イーディスのおかげね」

「そんなことはありません。お嬢様の適応能力の賜物です」

「その適応能力がいちばん高かったのは誰？」

グレイスはくすくす笑って、イーディスを手招いた。

「その中から適当に紙を二枚取って頂戴。その紙の山は書き損じなの。例のショッパーの没案よ」

「そうだったんですか？」

言いながら、イーディスは言われた通りにした。令嬢は紙を一枚だけ受け取り、イーディスに向かってこう言い放った。

「よし！　紙飛行機で勝負よ、イーディス」

「かみひこうきぃ⁉」思いがけない言葉に、声がひっくり返る。「紙飛行機、ですか？　なぜ？」

「前世で弟とよくやったの。どっちが遠くに飛ばせるか、競争するのよ。こういう風の日に」

グレイスは窓の外に目を向け、手際よく紙飛行機を折り始める。イーディスもまた、うろ覚えの紙飛行機を折ることにした。二人で肩を寄せ合って、狭い作業机の上で、一つずつ思い出すように飛行機を折る。

「この世界に飛行機はない」とグレイスは言った。「けど、いつかは飛ぶわ。飛びたいと強く願う人がいる限り」

「私たちが生きている間に飛ぶでしょうか？」

「わからないけど」グレイスは、出来上がった紙飛行機を陽光にかざした。「いつかは飛ぶわ」

「……そうですね」

――強く願う人がいる限り。

「シナリオ」の脅威がなくなったとはいえ、オルタンツィア製紙は荒波に揉《も》まれる小舟だ。きっとこれから、たくさん大変なことが兄妹に降りかかってくる。イーディスは、それを支えたい。

――私は、いつまでもここにいたい。お嬢様の隣に。

グレイスの横顔を見つめる。

「お嬢様、私が紙飛行機勝負に勝ったら。文字を教えてくださいね」

「勝とうが負けようがそのつもり！」

せえの、の掛け声で、二つの紙飛行機が窓の外へと飛んでいく。それはつがいの鳥みたいに並んで、風に乗り、どこまでも遠くへ、見えないところまで飛んでいってしまった。

「これじゃ、どっちが勝ちかわからないじゃない！」

グレイスが見えなくなった紙飛行機を探すように目を凝らす。その後ろで、強風に耐えきれなくなったペーパーウェイトが落ちて、グレイスの書き損じの束が部屋中に舞った。

「ぎゃー！」

イーディスの悲鳴が響く。グレイスは振り返って、イーディスの形相を見、こらえきれずに笑った。「幽霊令嬢」に似つかわしくない、精気に満ちた、美しい笑みだった。

「――今が楽しいのは、いいことね」

あとがき 「あのころ少年少女だった私たちへ」

作者の紫陽凛《しようりん》と申します。このたびは『転生したらポンコツメイドと呼ばれていました　前世のあれこれを持ち込みお屋敷改革します』をお手に取っていただき、ありがとうございます。

この作品は小説投稿サイト「カクヨム」にて、「楽しくお仕事in異世界」中編コンテストのために書き下ろし、同コンテストにて優秀賞の一席を賜ったものです。機会とご縁に恵まれて、今私はここにいます。

ずうっと前から少女小説が好きです。思春期は少女向けライトノベルを読んで育ちました。少女が活躍し、時に悩み、自らの力で勝利や幸せを掴《つか》み取りにいく物語。王子様はいたりいなかったり……私は昔から角川ビーンズ文庫、スニーカー文庫の熱心な読者だったので、この「転ポン」を書く時は、あの頃私と同じものを読んでいた「みんな」が楽しめるような「大人向けの少女小説」(糖分ひかえめ)を目指しました。私の創作の根本には、「あのころ少年少女だった私たち」に向ける「こういう小説、いかがでしょうか?」が眠っているようなのです。

「楽しくお仕事in異世界」の中編コンテストバナーを見た時に、冒頭シーン、冬の日の流星のカットと「ホンモノのどん底から這《は》い上がっていく使用人《ハウスメイド》の少女が高貴な少女の呪いを解く」というコンセプトが降ってきて、それまで門外漢だった「ネット発」ライトノベルの世界に頭から突っ込むことになりました。
新規参入ということで、流行も（ちょこっと）意識しました。いわゆる現代《いま》のライトノベルのテンプレート、「悪役令嬢」や「異世界転生」「既存シナリオ回避」要素を「こうかな？　こうかな？」と呟《つぶや》きながら組み入れ、中編の形にしたものがWEB版「流星の乙女達《おとめ》──お嬢様、お掃除のお時間です！」でした。書いているうちはとても楽しく、イーディスが大ぶりに暴れまわったり、グレイスが実は……なところがあったり、自分で立てていたプロット以上に、書いていくうち、彼女たちから直々に「実はね……」と教えてもらったことがたくさんありました。WEB版を完結させただけでたくさんのものを二人からもらえたような気がしています。

書籍化作業が始まって、すでに完結している中編を書籍化・長編化するにあたり、担当様から「性別関係なしのイーディス・ハーレムにしましょう！」とアドバイスをいただき、出来上がっていた作品にメスを入れました。物語を繋《つな》げ膨らますために新キャラをひとり追加し、元からイーディスにモーションをかけていたユーリ（中国マフィア風取引先）のほかに、マリーナ（物語内の「ヒロイン」）、ヴィンセント（雇い主・物語内の「ヒーロー」）などを絡ませ、それでいて誰の手も取らない、最後までグレイスフィール一筋を貫く従者としてイーディスを書き上げるのは……正直なかなかに骨の折れる作業でありました。書籍の前半を見て、なんだ、WEB版と大差ないな……と思われる方もいらっしゃるかもしれませんが、かなり変更を加えています。特にユーリについては、WEB版を書いているうちに「にゅっ」と生えてきた男性キャラクターだったのですが、それにしては存在感たっぷりでキャラも濃く、作者としてはかなり助けられたところがありましたね。その分期待値も大きい男ですので、担当様から「もっと矢印をわかりやすくして、もうちょっとデレてください（意訳）」と言われて、少なくとも改稿中に三度は書き直しています。本当に難しい男です。親の顔が見てみたい。

作者イチオシ男性キャラは厨房《ちゅうぼう》係の青年デアンです。イーディスは乙女ゲームに出てきそうなイケメンやヒロインに囲まれたうえ正妻がいるようなので眼中にはないようですが、作者はお前のことを見ているぞ。できれば、読者の皆さんの「推し」も聞いてみたいところですね。このあとがきを読むあなたは誰派でしょうか？

実のところ私は、今回は「立ち絵のないキャラクター」こそ生き生きと描きたいと思っておりまして、そのために、「モブだけれども、ネームド」のキャラクターがいっぱいいます。アニー、シエラ、デアン、料理長、メイド長のキリエ、執事のトーマス……まだまだいます。彼らを語らずして、この「転ポン」は語れません。

これはイーディスのサクセスストーリーでありながら、イーディスを支えてくれる仲間たちの物語でもあります。独立した部署、独立した人間としてではなく、一つの組織として働く「ハウスメイド」「使用人」たちの物語でもあるのです。

このあたりの私の思想は、これ以上ない形でわかりやすくセリフとしてがっつり書いてしまいましたが、どのセリフのことかは読者の皆様の「読み」にお任せいたします。私はそれこそが「労働」であり「お仕事」なんじゃないかなぁ、と思っております。イーディスは前向きで行動力があり、とびきり魅力的ですごい子ですが、そのすごさが引き出されたのは、周りにいる仲間に恵まれたからなんじゃないかな。経験上、人と一緒に仕事をするってことは大変なことなのですが、その大変なことを「楽しく」描《えが》く。貴重な経験をさせていただきました。

表紙、口絵他イラストはｎｙａｎｙａ様が担当してくださいました。完成したイラストを拝見し、宇宙一可愛《かわい》いポンコツメイドが表紙を大きく飾っているのを見た時、外出先ながら「宇宙一可愛いな」と思わず声が出てしまいました。キャラクターの良さと人柄がにじみ出るような温かい絵柄で、誰もが親しみやすいハウスメイドを描いて下さっています。どうでしょうか、宇宙一可愛いポンコツメイド。

そしてヴィンセントとグレイスの兄妹も、私の出力した小説から出てきたとは思えない美麗な二人として描いて下さって。文字で「美麗」「美形」と書くのはたやすいのですが、それが実際にイラストになると声は出ないし涙は出てくるし……本当にｎｙａｎｙａ様には足を向けて眠れません、立って寝ます。

さて。最後に感謝の言葉を。

数ある作品の中から、イーディスとグレイスを拾い上げてくださったカドカワＢＯＯＫＳ編集部の皆様。腑抜《ふぬ》け腰抜け状態の私を最後まで優しく引っ張ってくださった編集のＷ様。とっても素敵なイラストを作品に添えてくださったｎｙａｎｙａ様。本作制作に関わってくださった皆様。

そして、小説家になりたいと言い始めた時からずっっっと応援し続けてくれていた母、本が出ると聞いて自分のことのように喜んでくれた弟、妹。コンテスト優秀賞を賜ったと報告したとき誰よりも喜んでくれた家族の皆。

淡白ながら、「よし、次も頑張れ」と激励をくれた配偶者。

そして、連載時から読んでくださった読者の皆様。新しく拙作を手に取ってくださった皆様。

商業書籍化の報告をした時、喜んでくれたツイッターのフォロワーの皆様。

この場を借りて御礼申し上げます。本当に、ありがとうございました。

またいつかどこかで、紫陽凛として皆様とお会いできることを願っております。

紫陽　凛　拝

お便りはこちらまで

〒102－8177
カドカワBOOKS編集部　気付
紫陽凛（様）宛
nyanya（様）宛

カドカワBOOKS

転生《てんせい》したらポンコツメイドと呼《よ》ばれていました
前世《ぜんせ》のあれこれを持《も》ち込《こ》みお屋敷《やしき》改革《かいかく》します

2023年11月10日　初版発行

著者／紫陽《しよう》　凛《りん》
発行者／山下直久
発行／株式会社KADOKAWA
〒102-8177
東京都千代田区富士見2-13-3
電話／0570-002-301（ナビダイヤル）
編集／カドカワBOOKS編集部
印刷所／暁印刷
製本所／本間製本

●お問い合わせ
https://www.kadokawa.co.jp/（「お問い合わせ」へお進みください）
※内容によっては、お答えできない場合があります。
※サポートは日本国内のみとさせていただきます。
※Japanese text only

Printed in Japan
ISBN 978-4-04-075204-4 C0093

新文芸宣言

かつて「知」と「美」は特権階級の所有物でした。

15世紀、グーテンベルクが発明した活版印刷技術は、特権階級から「知」と「美」を解放し、ルネサンスや宗教改革を導きました。市民革命や産業革命も、大衆に「知」と「美」が広まらなければ起こりえませんでした。人間は、本を読むことにより、自由と平等を獲得していったのです。

21世紀、インターネット技術により、第二の「知」と「美」の解放が起こりました。一部の選ばれた才能を持つ者だけが文章や絵、映像を発表できる時代は終わり、誰もがネット上で自己表現を出来る時代がやってきました。

UGC（ユーザージェネレイテッドコンテンツ）の波は、今世界を席巻しています。UGCから生まれた小説は、一般大衆からの批評を取り込みながら内容を充実させて行きます。受け手と送り手の情報の交換によって、UGCは量的な評価を獲得し、爆発的にその数を増やしているのです。

こうしたUGCから生まれた小説群を、私たちは「新文芸」と名付けました。

新文芸は、インターネットによる新しい「知」と「美」の形です。

2015年10月10日
井上伸一郎

転生少女の三ツ星レシピ

tensei shoujo no mitsuboshi recipe

～崖っぷち食堂の副料理長、はじめました～

深水紅茶　イラスト　白峰かな

元日本人のサーシャは、異世界の宮廷で史上最年少の副料理長として活躍中！　しかし、とある“やらかし”で厨房をクビにされ、流れ着いた先は今にも潰れそうな大衆食堂!?

手始めに、醤油の旨味を活かした料理で嫌味な高利貸を黙らせると、屋台でカスタードたっぷりのクレープを出したり、扱いづらいワイバーン肉まで美味しく調理！

料理好きな転生者と食堂の跡取り娘、崖っぷちだった二人が作る料理は王都でどんどん評判になって――？

カドカワBOOKS

潰れかけの
大衆食堂を救うのは、
『楽しくお仕事
in 異世界』
中編コンテスト
受賞作
「元」宮廷料理人の
転生者!?

後宮の花結師

弼《ゆみかか》はるこ　illust. さんど

雑草むしりが仕事の底辺女官・草苺《ツァオメイ》。彼女のたった１つの特技は、女性の命であり品位の象徴でもある癒花《ジユファ》――頭部に咲く花を整える「花結い」だった。いつか正式な花結師になりたいと願いながらも、雑草娘の自分には夢のまた夢と、こっそり周りの女官の花を整えるに留めていた。

しかしある日、花を虫に食われ、無残なまでに黒ずませた妃嬪が助けを求めてやってくる。草苺が独学で身につけた荒削りの花結い技術が、後宮を渦巻く事件を救う鍵になり……！？

カドカワBOOKS

『楽しくお仕事
in 異世界』
中編コンテスト
受賞作
雑草娘から後宮の伝説へ!?
花結師をめざす少女の
シンデレラストーリー!